HAKAN MENGÜÇ

SEN YOLA ÇIK YOL SANA GÖRÜNÜR

MEVLANA'NIN 21 KURALI

DESTEK yayınları

DESTEK MEDYA GRUBU

DESTEK YAYINLARI: 1541
KİŞİSEL GELİŞİM: 251

HAKAN MENGÜÇ / SEN YOLA ÇIK YOL SANA GÖRÜNÜR

İmtiyaz Sahibi: Yelda Cumalıoğlu
Genel Yayın Yönetmeni: Ertürk Akşun
Yayın Koordinatörü: Özlem Esmergül
Üretim Koordinatörü: Semran Karaçayır
Editör: Özlem Esmergül
Son Okuma: Devrim Yalkut
Kapak Fotoğrafı: Ege İşlek
Kapak Tasarım: İlknur Muştu
Sayfa Düzeni: Cansu Poroy
Sosyal Medya-Grafik: Tuğçe Budak - Mesud Topal

Destek Yayınları: Aralık 2021 (50.000 Adet)
51.-70. Baskı: Ocak 2022
71.-90. Baskı: Şubat 2022
Yayıncı Sertifika No. 13226

ISBN 978-625-441-517-3

Abdi İpekçi Caddesi No. 31/5 Nişantaşı/İstanbul
Tel. (0) 212 252 22 42
Faks: (0) 212 252 22 43
www.destekdukkan.com
info@destekyayinlari.com
facebook.com/DestekYayinevi
twitter.com/destekyayinlari
instagram.com/destekyayinlari
www.destekmedyagrubu.com

Destek Dukkan

Deniz Ofset – Çetin Koçak
Sertifika No. 48625
Maltepe Mahallesi
Hastane Yolu Sokak No. 1/6
Zeytinburnu / İstanbul
Tel. (0) 212 613 30 06

DESTEK yayınları KARAKARGA BEYAZ BAYKUŞ genç DESTEK

HAKAN MENGÜÇ

SEN YOLA ÇIK YOL SANA GÖRÜNÜR

MEVLANA'NIN 21 KURALI

DESTEK
yayınları

İÇİNDEKİLER

YAZAR HAKKINDA

Yazar, besteci ve eğitmen olarak Türkiye'de geniş kitleler tarafından tanınan ve kaleme aldığı *Ben Ney'im*, *Kalbin Temizse Hikâyen Mutlu Biter* ve *Hiçbir Karşılaşma Tesadüf Değildir* kitaplarıyla sufi felsefesinin temelleri üzerine inşa ettiği öğretisiyle şimdiye dek yarım milyonun üzerinde okura ulaşmayı başaran Hakan Mengüç, yurtiçinde ve yurtdışında verdiği seminerlerle de milyonlarca insanın gönlüne ulaşmayı başardı. Kitapları İngilizce, Almanca, Farsça, Bulgarca, Arnavutça ve Rusçaya da çevrildi.

Girne Amerikan Üniversitesi bünyesinde açılan Sufi Akademi'nin de hem akademisyeni hem de başkanı olan genç yazar, aynı zamanda bir "ney" virtüözü... Sosyal medya üzerinden neyle üflediği parçalarla milyonlara ulaştı.

Hayat Felsefesi

Umutlu olmak ve umudu paylaşmak üzerine inşa ettiği hayat felsefesini açıklarken "Umutlu olmak, safça bir iyimserlik değildir. İnsanlığın yüzleştiği trajediyi görmezden gelmek de değildir. Umut her ihtimali görüp, evinde oturup kötülüğe küfretmektense, iyilik için elinden geleni yapmak demektir" diyen Hakan Mengüç, yeryüzünde umudun var olmaya devam etmesi için buna inanan bir kişinin varlığının dahi kâfi olduğunu savunuyor. "Üstelik bu kişi sen olabilirsin" diyor.

Sonrasında sen, başka bir "sen" ve başka bir "sen" daha olarak "biz"e dönüşmeye devam edecektir.

İşte bu yüzden "Karanlığa küfredeceğine bir mum yak" düşünüşünü benimsemiştir Hakan Mengüç... Yaktığı mum ile başkalarının aydınlanması yolunda emek vermeyi arzulayan yazar, bu yolda başkalarının da yeni mumlar yakmaya cesaret gösterebilmesine vesile olmayı diliyor.

Mevlana'nın da dediği gibi: "Bir mum, başka bir mumu tutuşturduğunda kendi ışığından hiçbir şey kaybetmez. Tam aksine karanlıkların aydınlanmasına vesile olur."

Hakan Mengüç Hakkında Ne Dediler?

"Kitaplarını hastalarıma reçete olarak yazıyorum. İyi ki varsınız Hakan Mengüç."

– Prof. Dr. Zeynep Demirçay

"Hakan Mengüç yaptığı işin tanımına fazlasıyla uygun bir yapıya sahip... Sabırlı, toleranslı ve her düşünceye karşı hoşgörülü. Hakan, uyguladığı her tekniği kendi içinde içselleştirmiş ve tamamen sindirmiş. Bu onu daha da özel ve ayrıcalıklı kılıyor."

– Uzman Klinik Psikolog Esra Ezmeci

"Bir insanın kendisini değerlendirmesi bazen zor olabilir. Bunu yaparken çoğumuz objektif olmayı isteriz. Ama bence burada kendimize biraz pozitif ayrımcılık yapmak, daha iyi hissetmek, enerjimizin farkına varabilmek, yeteneklerimizi ortaya koyabilmek açısından yararlıdır. Bunu bir yolculuk olarak düşünürseniz kendinize yaptığınız bu keşif sırasında yanınızda olmasını isteyeceğiniz kişi Hakan Mengüç'tür. Kendinize inancınızın kaybolduğu anlarda bile o sizin elinizden tutacak ve basamakları bir bir atlamanıza yardımcı olacaktır. İşin en güzel yanı ise bunu yaparken başarının kendisinden öte size ait olduğunu hissettirecektir. Sevgili dostum Hakan, yolun aydınlık ve engelsiz olsun."

– Prof. Dr. Murat Aksoy, "Doktorum" Programı Sunucusu

"Hakan Mengüç 21. yüzyılda sufi felsefesinin öncülerindendir."

– Serhat Akpınar, Girne Amerikan Üniversitesi
Kurucu Rektörü

ÖNSÖZ

Hoş Geldin Yol Arkadaşım...

Bu altıncı kitabımı seninle paylaşıyor olduğum için çok heyecanlıyım. Umarım diğer kitaplarımda olduğu gibi bu da hayatına bir fayda sağlar. Ben her cümlemi yazarken "Acaba bu satırlar okuyucumun hayatına bir katkı sağlayacak mı?" diye düşünüyorum ve beni en çok mutlu eden şey de okuyucularımdan gelen "Hayatım değişti, hastalığımı sizinle atlattım, bana çok iyi geldiniz..." mesajları oluyor.

Çocukluğumdan beri sufizm ve tasavvufla ilgileniyorum. Bunlar artık benim bir parçam. Tasavvuf felsefesiyle büyüdüm ben ve bu felsefeyle kavrayıp öğrendim hayatı. Çocukluğumdan beri etrafımdaki herkese bu felsefeden söz ettim, bu felsefenin öğretilerini anlattım.

Mevlana'nın binlerce sözü ve yazdığı her satır, artık hafızama kazınmış halde duruyor.

Bir gün oturdum ve Mevlana eğer çağımızın insanları için elzem şekilde lazım gelen 21 tane kural hazırlasaydı, bunlar acaba neler olurdu diye düşündüm ve bu konu üzerine yaptığım derin bir meditasyondan, tefekkürden sonra tam 30 tane kural saptadım. Sonra bunları 21'e indirdim. Her birine günlük hayatın içinden hikâyeler ekledim, yeri geldiğinde bilimsel bilgilerle de destekledim. Aylarca süren bir çalışmanın sonunda bu kitap çıktı.

Kitabın su gibi akması ve faydası olması dileğiyle.

Bir kez daha hoş geldin yol arkadaşım.

1. KURAL

ARAMAKLA BULUNMAZ AMA BULANLAR HEP ARAYANLARDIR.

Bir seminer ve müzik programı için İspanya'daki Mayorka Adası'na davet edilmiştik. Program bittikten sonra birkaç gün daha adada kalıp gezmek istedik.

Çocukluğumdan beri bilmediğim yerlerde gezinip kaybolmayı hep çok sevmişimdir.

O yüzden bir araba kiralayıp adanın neredeyse her köşesini kendi başımıza dolaşmak istedik. Birbirinden güzel yerleri gezdikten sonra ıssız bir koya saptık. Koca sahilde toplasan 4-5 kişi vardı. Güneşin batışını izleyip sohbet etmeye başladık kendi aramızda.

Sonra 5-6 kişinin olduğu o ıssız sahilde bir kadın yaklaştı yanımıza. İngilizce selam verip "Türkçe mi konuşuyorsunuz?" diye sordu. "Evet..." dedik.

Bunun üzerine kadın Türkçeyi ne kadar sevdiğini anlatmaya başladı. Kendisi İspanyol'muş. İsmi Merlin... İspanyolca, Katalanca tercümanlık yapıyormuş. Tatlı bir sohbete daldık hep beraber. Laf lafı açınca bize Rumi'yi yani Mevlana'yı bilip bilmediğimizi sordu. Sufizmle ilgilenip ilgilenmediğimizi merak etti.

Gülmeye başladım. İnanamıyordum şu konuştuklarımıza. Dünyanın bir köşesinde, sakin bir adanın ıssız bir koyundaydım ve bir İspanyol, Sufi Akademi'nin kurucusuna "Rumi'yi biliyor musunuz?" diye soruyordu. Hepimiz çok etkilenmiştik bu karşılaşmadan. Tüylerimiz diken diken olmuştu.

Merlin, tasavvuf felsefesini ve sufizmi öğrenmek istiyormuş meğer. Fakat nasıl öğreneceğini ve nereden başlaması gerektiğini bilmiyor, bu yüzden araştırıyormuş uzun zamandır. Bizimle karşılaştığına inanamıyordu o da. Hepimiz çok mutlu olmuştuk.

Mayorka'ya gelmeden evvel evdeki kütüphanede *Hiçbir Karşılaşma Tesadüf Değildir* kitabımın İngilizcesi çarpmıştı gözüme. Yanıma bir iki tane almıştım belki birilerine hediye veririm diye. Kitabı İstanbul'dan beri günlerdir yanımda gezdirip duruyordum. Meğer Merlin'e vermek için bekliyormuşum.

Gönülden istemenin, gönülden aramanın ne demek olduğunu düşündüm o gece uzun uzun. Gönülden istemenin içinde aşk ve teslimiyet kadar sonsuz bir güven de var aslında. Çok isteyip çekiştirmekte hırs var, mücadele var, çatışma var ve bütün bunlar geciktirmekten ya da istediğin şeyden giderek uzaklaşmaktan başka bir işe yaramıyor. Çağırdığın isteğe güven duymak, bunun nasıl ve ne şekilde olacağını hesaplayıp sorgulamamak, olanın da olmayanın da zaten hayırlı olduğuna kalpten inanmak demek.

Yani istemekten vazgeçme ama çekiştirmekten vazgeç demek istiyorum.

Odağında kalpten çağırdığın şey kalsın.

Neden ve nasıl olacağına karıştığında kaygılarla ve kuşkularla dolu zihninle sonsuz ve sınırsız olan kusursuz düzenin işine karışmış, mucizelerin önüne set çekmiş oluyorsun. İzin ver hayat sürprizlerini sunabilsin sana. İzin ver güzellikler yağsın üzerine. İzin ver ki hayırlı olan çıksın karşına.

Merlin'le dost olmuştuk artık. Onunla birlikte niyetlerin, arzuların ve isteklerin özgürce ilahi sisteme teslim edildiğinde zihnin "imkânsız" dedikleri bile kolayca mümkün olabiliyordu. Aynı dilden, aynı kültürden, aynı topraklardan bile olmak gerekmiyordu bir niyeti hakikate dönüştürmek için. Bir şeyi çok istersen ve sisteme güvenle teslim edersen dileğini, ihtiyacın olan her şey dilini bilmediğin, kültürüne yabancı olduğun, dinini tanımadığın uzak bir ülkeden bile kalkıp gelir ayağına... Hatta elinde ve heybesinde sana sunmaya hazır olduğu hediyeleriyle destek olur sana.

Merlin kısa sürede Sufi Akademi'nin bir parçası olmuştu. Çok sevdiği Türkçeyi öğrenmekle kalmadı, sufizm felsefesi üzerinde hayli derinleşti ve çok yol aldı. Bundan sonra ne olacak, nasıl olacak diye kaygılanmıyor... O sadece niyetine ve sisteme güveniyor.

> *"Hırsı bırak, kendini boş*
> *yere harcama.*
> *Şu toprak altında çırak da*
> *bir, usta da..."*
>
> – Mevlana

Hırs, Azim ve Teslimiyet Meselesi

Ceviz kurdunun hikâyesini duymuş muydun?

Zayıf ve çelimsiz bedenine rağmen gözüne kestirdiği bir cevizin kabuğunda delik açmış yine bir gün minik ceviz kurdu.

İçine girer girmez de başlamış cevizin içini hırsla yiyip tüketmeye. Sanki yarın yok... Bulduğu gördüğü her şeyi yemiş,

yemiş de yemiş hiç durmamış. Gözü kararmışçasına ara vermeden yiyormuş. Derken ceviz kurdu şişmanlamaya başlamış. Karnı iyice büyümüş hatta sonra bir gün hareket bile edemez hale gelmiş. Artık açtığı minicik delikten geçemez hale gelmiş. Girerken açtığı delikten dışarı çıkması artık mümkün değilmiş. Karnı yeterince doymuş doymasına ama içeride tıkılı kalmış öylece.

Biraz uğraşmış etmiş deliği genişletmeye çalışmış ama nafile. Bir düşüncedir almış ceviz kurdunu. Ne yapsa da dışarı çıksa? Şimdilik görünen tek çare zayıflamayı beklemekmiş gibi görünmüş gözüne.

Ceviz kurdu aç karınla bekledikçe zayıflamaya başlamış tabii... Hatta o eski zayıf ve çelimsiz haline geri dönmüş. Açtığı delikten nasıl girdiyse öylece çıkmış sonunda. Ancak dışarı çıktığında ne görsün? Mevsimler değişmiştir çoktan. Ortada aç ve cılız bir ceviz kurdu ile içi tamamen tüketilmiş kuru bir ceviz kabuğu kalmıştır geriye.

Bir yerlerde hata yaptığını düşünüyordur ceviz kurdu ama nerede?

Hatasının cevizi yerken farkına varsaydı sonuç çok daha farklı olabilirdi belki ama hırs tatlı bir zehirdir. Oyalar, aldatır, tatmin eder görünür ancak tükenişe sürükler. Hırsa kapılıp koşullara, imkânlara, gidişata ve geleceğe körleşmenin ağır bedelleri olacaktır kuşkusuz.

Ne yani aç mı kalsaydı diye düşünenler vardır belki...

Sadece karnını doyursaydı hayatına mal olabilecek sonuçlar yaratmazdı. Ancak ceviz kurdu karnını doyurmakla değil endişelerini, korkularını, kaygılarını doyurmaya çalışmakla birlikte sürekli yiyip durmanın hazzına da kapıldı. Azimle delerek kazandığı cevizin içinde hırsa kapılarak hayatını tehdit eden koşullara maruz bıraktı kendini.

Üzerinde durup düşününce konuşup tartışacak ne çok şey içeriyor aslında bu hikâye... İnsanoğlunun çağlar boyunca çok defa içine sürüklendiği çekici ve cazip bir girdaptır hırs. Doyumsuzluk ve tatminsizlik hisleriyle aldıkça almak, zorladıkça zorlamak günün sonunda mutsuzluk ve kayıplara mal olacaktır ister istemez. Çünkü sadece almaya ve tüketmeye odaklı bir zihin onu hayatta ve ayakta tutan koşulları, etrafındaki değişkenleri gözleme ve buna göre tavır alma mekanizmasını işletemez. Dışarıda mevsimlerin değişmekte olduğunu ıskalarsan tatmin bulmak için hırsla tükettiklerin hazdan ziyade hezeyana yol açar günün sonunda.

Hırs ve azim, birbiriyle sıkça karıştırılan iki kavram. Oysa geceyle gündüz kadar farklıdırlar.

Ben hırsla azmi şöyle ayırıyorum. Hırslı insan hedefine giden yolda, hedefinden başka hiçbir şey görmez, hedefine varana kadar mutlu değildir, hedefine varana kadar hiçbir şeyden keyif almaz.

Hırsta sadece sonuç odaklılık vardır.

Azimde süreç odaklılık.

Hırsta sadece almak ve tüketmek vardır.

Azimde paylaşmak ve üretmek.

Hırs yıkıcıdır.

Azim yapıcı...

Hırsta kendinden çalarsın.

Azimde kendine de katarsın etrafındakilere de.

Hırsta tükenirsin.

Azimde yenilenirsin.

Hırslı insanlar yalnızdır. Ne sevdiklerine ne de kendilerine ayıracak vakitleri vardır. Almak, kazanmak, elde etmek ve hunharca tüketmek dışında hiçbir şey düşünmezler. Değişen hava koşullarına, yenilenen dinamiklere, zamanın koşullarına da kör kalarak ilerledikleri için yolda büyüyüp gelişemezler, yeni kararlar alıp uygulayamazlar, değişime ayak uyduramazlar.

Azimli insan da çalışkandır ama kör değildir. Sevdiklerine ve kendilerine zaman ayırmayı bilirler. Çünkü onlar ayrıca bir zaman ustasıdırlar. Hayatı yakalarlar, havayı koklarlar, değişimi görürler, akışı izlerler ve yolda büyürler. Yolda öğrenirler ve öğrendiklerini uygularlar. Aceleleri yoktur. Sürdürülebilir, uzun soluklu yolculuklar, başarılar ve kazançlar azimli insanların işidir.

Mükemmeliyetçi değildirler, kusurların ayrıcalıklarından faydalanırlar. Her kusur bir avantajdır onlar için. Ellerinden gelenin en iyisini yaparlar ve başkalarının da ellerinden gelenin en iyisini yapmalarına fırsat verirler. Azimli insanlar işbirlikleri de kurabilirler bu sayede. Hırslı insanlarsa işbirliği yerine rekabet ve strateji inşa ederler. Stratejilerinin içinde işi biten ortakları yok etmek bile vardır. Bu yüzden yol boyunca sayısız düşman da biriktirirler. Azimli insanlar önlerine bakarak güven içinde yürürlerken hırslı insanlar hep arkalarını kollamak zorunda kalırlar. Azimliler huzurludur, hırslılar huzursuz.

Korkularımız, gelecek kaygısı ve çağımızın yeni sorunlarının belirsizliği aklımızı daha da karıştırıyor biliyorum. Korkularımız daha büyük, endişelerimiz kördüğüm... Zihnimiz kazan gibi... Yarın ne olacağı belli değil. Ama unutma ki dün de bugün ne olacağı belli değildi. Dolayısıyla bugün de yarın neler olacak belli değil...

Demem o ki korkulara yenilip hırsa kapılmanın bir anlamı yok. Hayatı kaçırdığın her an zarardasın. Çare hep gelecekteymiş gibi görünüyor değil mi? Dermanımız hedefimize ulaşmaktaymış gibi... Ama öyle değil işte.

Hedefine ulaştığında sorunların bitecek sanıyorsun, gelecekte daha huzurlu, rahat ve mutlu olacaksın. Gelecek şimdidir yol arkadaşım. Derman hedefe ulaşmakta değil, hedefe giden yolu sağlıkla, azimle ve huzurla yürümekte. Hayallerinden asla vazgeçme tabii ki. Ancak hayallerine ulaşmak yolunda kendini ve sevdiklerini yok etme. Çünkü oraya vardığında yaşadığın mutluluğu paylaşacak kimse kalmaz yanında. Sen bile yoksundur kavuştuğun hayallerinin içinde.

Demem o ki sevgili yol arkadaşım hırsla değil ama azimle aramaya devam ettiğinde karşına mucizeler çıkacak. Hiç beklemediğin yerde belki hiç beklemediğin hediyelerle karşılaşacaksın. Sen sadece yola devam et ve o büyük güce güven.

2. KURAL

HER ŞEY VAKTİNİ BEKLER. NE GÜL VAKTİNDEN ÖNCE AÇAR NE DE GÜNEŞ VAKTİNDEN ÖNCE DOĞAR. BİRAZ SABRET SENİN OLAN SANA GELECEKTİR.

İçine düştüğümüz en büyük tuzaklardan biri hız...

Acelecilik kadar insanı geciktiren başka bir şey yok oysa... İnsan acele ettiği şeye ya gecikir, ya elinden kaçırır ya da hiç ulaşamaz. Hayatta yaptığımız en büyük hatalardan biridir acelecilik. Sanırım en büyük zaaflarımızdan biri bu...

Bir an evvel olmasını istiyoruz. Bir an evvel varmak istiyoruz. Bir an evvel başlasın istiyoruz. Bir an evvel bitsin istiyoruz. Bir an evvel sevsin istiyoruz. Ne olursa olsun yeter ki bir an evvel olsun...

Hayallerimiz hemen gerçekleşsin. Hemen başaralım, hemen yapalım, hemen kazanalım, hemen kavuşalım, hemen elde edelim, hemen bizim olsun arzuladığımız şey. Emek vermeden, gelişim sürecine sabır göstermeden ulaştığımız hiçbir şey uzun soluklu değildir. Ne kıymeti vardır, ne katkısı olur ne de güvenlidir.

Süreç, kıymetli bir yoldur, kestirmeden gidilmez. Çünkü olgunlaşma sürecinin bütün kestirme yolları ya sarpa sarar ya karanlığa çıkar.

Dünyanın en yüksek dağına tırmanmayı dene bakalım. Hızla yukarı çıkmaya başladığında basınç ve oksijen seviyelerindeki değişiklikten dolayı baygınlık geçirmen an meselesi... Zirveyi görmen imkânsız. Yüksek dağlara mola vermeden tırmanmak mümkün değil... Ancak hesaplanmış kısa mesafelerden sonra yine belli zaman aralıkları içinde molalar verip yola yavaş yavaş devam ettiğinde dünyanın en yüksek dağının tepesinden aşağıya bakabilme şansın var.

Demem o ki hiçbir bekleme ve sabır sürecinin seni yavaşlattığını düşünme. Tam tersine hedefine ulaştığında orada daha uzun soluklu, sağlıklı ve güçlü kalabilmek uğruna yaptığın yatırımdır sabır...

Eğer ille bir şeyler için acele etmek istiyorsan, öğrenmek için acele et. Daha fazla erteleme, vazgeçme, "Bu saatten sonra ne işe yarayacak?" deme. Hemen şimdi ilk adımını at. Geciktirme...

Ertelemek ve acele etmek...

Bu ikisi arasında yalpalamadığında her şeyin vaktinde vuku bulduğunu görürsün zaten. Yaşam dakiktir. Ne gecikir ne erken gelir. Ancak insan zihni zamana da çelme takmaya çalışır. Zamana çelme takayım derken düzeni bozar, akışı bulandırır, dengeleri sarsar.

Buna karşılık insan ya küser erteler yapabileceklerini ya da korkar aceleye getirir her şeyi... Zamana çelme takamazsın yol arkadaşım. Yaşamla uyum içinde akmanın ve ilahi sistemin dakikliğine güvenmenin gücünü fark etmelisin.

Zihninin erteleme ya da aceleye getirme oyununa kurban edemezsin dengelerini. Bugün neleri ertelediğine bak lütfen. Hepsi bir zamanlar olsun diye acele ettiğin şeyler değil mi?

Ama ne oldu?

Sen acele ettikçe onlar gecikti, bir türlü olmadı ve sonunda hepsi belirsiz bir zamana ertelendi gitti.

Aceleciliğinden dolayı geciktirdiğin ve sonunda ertelediğin ne varsa hepsine geri dönüp bak derim. Ertelediğin her şeyi akışa dahil et bir kez daha. Nasılsa artık oldurmak için acele etmeyeceksin, sürece teslim olacaksın.

Neleri erteledin şimdiye kadar?

Dil öğrenmeyi mi?

Bugün başla... Akışa güven. Acele etme... Adım adım öğren. Molalar ver, soluklan, sindir, sonra yine devam et. İlle ulaşacaksın zirveye. Yeter ki yürümekten vazgeçme.

Doğada olmayı mı erteledin?

Hayat çok hızlı tabii... Senin de hep acelen var. Eve, işe, okula, alışverişe, toplantılara, misafirlere, dostlara, akrabalara derken geciktin. Sonunda baktın olmuyor erteledin değil mi? Erteleme... Hemen çık bahçeye ya da in sahile... Toprağa bas, havayı kokla, çiçeklere dokun. Merak etme, bunu yaptığın için hiçbir şeye geç kalmayacaksın.

Demlenmek nedir bilir misin?

Vakit harcamak değildir demlenmek.

Boşa durup beklemek hiç değildir.

Zaman tanımaktır.

Geçekleşsin diye zaman tanımak değil... Neye hazır olup olmadığını anlamak yolunda kendine zaman tanımak...

Çayın demlenmesi de buradan gelir. Çaya da zaman tanırsın çöksün ve sıcak suya hem rengini salsın, hem tadını hem de kokusunu... Ona tanıdığın zamanı kendine de tanırsın. Elde etmek için emek verdiğin şeyin sonucunu yaşamaya hazırlarsın kendini belki de yaşamamaya...

Demlenmek ille oldurmak için değildir.

Anlamak ve karar vermek içindir.

On beş yaşındayken iki hedefim vardı geleceğe dair. Müzisyen olmak ve kitap yazmak...

On sekiz yaşına geldiğimde müzisyen olarak sahneye çıkıyordum, çeşitli müzik gruplarıyla konserlere gidiyordum. Harçlığımı müzikten kazanmaya başlamıştım.

Yazar olmak için de en az müziğe verdiğim emeği veriyordum ama olmuyordu bir türlü... İlk kitabım uzun yıllar sonra çıktı. On sekiz yaşında ilk hayalimi gerçekleştirmiş, müzikle hayatımı idame ettirmeye başlamıştım ama yazar olduğumda otuzlu yaşları geçmiştim.

Onca yıl boyunca hiç vazgeçmedim yazarlıktan. Zamanı vardı muhakkak. Hazır olduğumda, yeterince demlendiğimde, kendime daha fazla emek gösterip zaman tanıdığımda olacaktı muhakkak. 2018 yılında ilk kitabım çıktıktan sonra yeni kitaplarım peş peşe geldi arkasından... Üç yıl içinde yedi dile çevrildi ve 400 binin üzerinde satış rakamlarına ulaştı kitaplarım.

Ben her arzumuzu ve her yeteneğimizi tohuma benzetiyorum. Bazı tohumlar erken açar bazıları geç. Hepsinin tabiatı farklı çünkü her birinin doğaya hizmeti ve katkısı farklı...

Her birini sabırla ve hiç vazgeçmeden beslemeye devam etmeliyiz.

Tıpkı bambu ağacı gibi...

Ne demek mi istiyorum?

Aslında bambu ağacının hikâyesini anlatmak istiyorum sana... Çünkü ben ne zaman acelecilik yanılgısına kapılsam kendime bu hikâyeyi hatırlatırım.

Çin bambu ağacını yetiştirmek için önce ekilecek yer hazırlanır, çapalanır, sürülür ve tohumu (soğanı) ekilir. Bir süre çimlenmesi beklenir...

Aradan bir mevsim geçer bakılır ki çimlenme yok.

Bir sene geçer, yine çimlenmemiş.

Her şeye rağmen sulama işlemi muntazaman devam eder.

İki sene geçer, üç sene geçer yine çimlenme yok.

Dört sene geçer yine yok, yine yok, yine yok.

Beşinci senenin sonuna gelindiğinde görülür ki sonunda çimlenme başlamıştır. Ancak bu öyle bir çimlenmedir ki 6 haftada 27 metreye ulaşır filizlerin boyu. Yani neredeyse 9 katlı bir bina yüksekliğinde...

Bambu severlerin çoğu bu bitkinin 6 haftada hızla boy atarak büyüdüğünü düşünürler ama bambuyu yetiştirenler bilirler ki 6 hafta değil, 6 yıl 6 hafta sonunda boy atmaya başlar bu bitki...

Peki bu 6 yıl boyunca Çin bambusu ne yapıyor dersin?

Anlatayım...

Tohumu ekildikten sonra toprakta kök salmaya başlar. Sadece güç kazanmaya adanmış gibidir. Altı yılın sonunda artık hızla büyümeye, boy atmaya hazırdır. Yeterince kök saldıktan sonra, istese de duramaz artık toprağın altında. Gökyüzüne doğru yükselmek için yeterince demlenmiştir toprak altında...

Yani demem o ki hâlâ neden elde edemediğine bakma, bu uğurda daha ne kadar emek verebileceğine bak. Verdiğin emeklerde demlen, kendine de arzuladığına da zaman tanı...

Her şeyin bir zamanı olduğunu hatırla.

Güneşin vaktinden önce doğmadığını, gülün vaktinden önce açmayacağını ama doğmaya ve açmaya hazırlandıklarını bilerek.

Zengin misin?

Yeni bir kurala geçmeden önce birkaç şeyi daha hatırlatmak istedim sana yol arkadaşım. Evet bir yerlere sürekli koşturuyoruz, hedeflerimizi gerçekleştirmeye çalışıyoruz. Zengin olmak istiyoruz, mutlu olmak istiyoruz fakat tüm bunların peşinde koşarken kendi zenginliklerimizi ıskalıyor olabilir miyiz? Belki de aradığımız şeyin bir kısmına halihazırda sahip de olabiliriz. Bunları bir düşünmeni istiyorum.

Zenginlik deyince aklına ne geliyor?

Lüks arabalar, pahalı evler, büyük paralar, yatlar, mücevherler, çiftlikler, araziler...

Bütün bunlarla daha değerli, daha mutlu ve daha güçlü olacağını hissediyor musun?

Evet mi?

Peki bütün bunları elinden aldığımızda geriye ne kalıyor?

Tek bir şey...

Kimsenin elinden alamayacağı tek zenginlik kalıyor. Bunlar verilir ve iyi hissedersin kendini. Güçlüsündür, mutlusundur. Bunlar alındığında elinde kalansa kimselerin senden alamayacağı, kimselerin sana veremeyeceği bir zenginliktir.

İşte onun ne olduğuna yakından bakmak gerekiyor bana göre.

Her şeyini alabilirler, hatta özgürlüğünü bile...

Kendini duvarlar arasında tutsak bulabilirsin de.

Ancak buna rağmen acaba neyi söküp alamazlar elinden hiç düşündün mü?

Neyi yasaklayamazlar sende, neyi yok edemezler, neyi kontrol edemezler, sendeki neye hükmedemezler?

Bu soruların cevabını ara kendinde. Çünkü asıl servetin, asıl büyük zenginliğin onlardır.

Bilgin mi?

Aklın mı?

Ahlakın mı?

Şakacılığın mı?

Tebessümün mü?

Zarafetin mi?

İnancın mı?

Özgüvenin mi?

Sükûnetin mi?

Sabrın mı?

Zenginliğinin neler olduğunu sorgula lütfen. Mutlu olmak için lüks arabaları, pahalı evleri, mücevherleri, yatları, çiftlikleri beklemek zorunda olmadığını anlayacaksın. Bunların sana sendeki zenginliği satın almaya yetecek kadar güçlü olmadıklarını fark edeceksin.

Ben de çok zaman dönüp bakarım kendime.

"Zenginliklerim neler?" diye.

Ne zaman dünya malıyla, parayla, konforlu hayatla ilgili aklım karışsa, canım sıkılsa hep sorarım kendime, "Benden alamayacakları şey ne?" diye.

İşte o vakit bir kez daha şükrederim sahip olduğum zenginlikler için.

Benim için sabahları şehir henüz kalabalıklaşıyorken sokak satıcısının camekânlı arabasındaki günün ilk taze poğaçasını sağlıkla yiyebilmektir zenginlik.

Ofisime asansör kullanmadan çıkmak, kimsenin yardımı olmaksızın merdivenleri tırmanabilmektir. Elimde bir bardak sıcacık çayla pencereden dışarıyı izlemektir. Sevdiklerimin ziyaretidir. Onlara ikram edebildiğim tuzlu kurabiyelerdir. Tatlı sohbetimizdir. Başımıza ne gelirse gelsin birlikte gülüp şakalaşabiliyor olmaktır. Her şeye rağmen her zaman baştan başlayabilme cesaretimizdir. Mutfak penceresinin denizliğinde yetişen biberiyelerdir. Bir sonraki haftanın planını yapabilmektir. Güzel günleri beklemektir. Güzel günler için emek vermektir. Bazen bir tabak makarnadır. Mümkünse domatesli makarnadır. Bazen taze ekmeğin içine yerleştirilmiş beyaz peynir, yeşil biberdir.

Demem o ki zenginlik, varlığından mutluluk duyabildiğin her şeydir.

Memleketin en varlıklı ailelerinden birinin babasıydı Sakıp Sabancı, hatırlıyorum. Çocuktum o yıllarda... Engelli oğluyla ilgili bir röportajı vardı... "Keşke sağlıklı olsaydı. Bütün servetimi verirdim..." diyordu. O koskoca servet, yetmiyordu muhtaç oldukları sağlığı satın almaya...

Tek gözünü kaça satardın mesela?

Hayır şaka değil...

Ciddi ciddi soruyorum.

Tek gözünü ne kadarlık bir servet için satmaya razı olurdun?

10 bin lira?

Olmaz.

100 bin lira?

Olmaz.

1 milyon lira?

10 milyon lira?

100 milyon lira?

Yine mi olmaz?

O zaman kulağını sat!

O ne kadar ederdi?

Ya da dilin... Ama ondan bir tane var değil mi?

Tamam...

O vakit tek kolunu ver. Diğeri sende kalsın... Ne kadar olurdu tek kolunun fiyatı?

Bir tekne karşılığı verir miydin sağ kolunu?

Olmuyor değil mi?

Tek gözün olmadıktan sonra hangi tekneyle hangi denizlere açılmayı hayal edebilir ki insan?

Zenginliklerinin paha biçilemez değerde olduğunun farkındasın değil mi?

Aslında ne kadar varlıklı biri olduğunu hatırla ve daima şükret.

Dünyanın en zengin beş insanından biri Warren Buffet...

Yaşı 90...

Serveti 80 milyar dolar...

Hemen şu an Warren Buffet ile yer değiştirmek ister misin?

Olmaz mı?

Çünkü 90 yaşında değil mi? Oysa senin uzun ve sağlıklı yılların var daha önünde. Peki o seninle yer değiştirmek ister mi sence?

Bence hemen kabul eder bu teklifi... Hatta bütün servetini bile verir bunun için...

Şimdi bir daha dur ve düşün bakalım.

80 milyar dolar serveti olan bir işadamı seninle yer değiştirmeye dünden hazır ama sen onunla yer değiştirmek istemiyorsun!

Kimin durumu daha iyi yani?

Sağlık ve zaman paha biçilemez bir servettir.

Kendi zenginliğinin farkında ol!

3. KURAL

KISMET ETMİŞSE MEVLA, EL GETİRİR, YEL GETİRİR, SEL GETİRİR. KISMET ETMEMİŞSE MEVLA EL GÖTÜRÜR, YEL GÖTÜRÜR, SEL GÖTÜRÜR.

Sabah saatlerinde varmıştık Urfa'ya... Saat on gibi seminerim başlayacaktı. Otele giriş yapıp hiç oyalanmadan seminer salonuna geçmeliydim.

Lobide giriş işlemlerimi tamamlayıp seri adımlarla odama ilerlerken Türkçesi biraz bozuk genç bir adam "Hakan Bey! Hakan Bey!" diye seslenerek kesti yolumu. "Ben sizin videolarınızı izliyorum sürekli, bana çok iyi geliyor. Urfa'ya seminer için mi geldiniz?" diye sordu.

Irak'tan gelen bir çevirmenmiş meğer. En son bir yıl önce gelmiş Türkiye'ye. Şimdi de bir gün sürecek kısa bir iş için buradaymış. Akşamüzeri bir toplantıda çevirmenlik yapacakmış. Hemen dönecekmiş.

Seminerime katılıp katılamayacağını sordu. Bunu çok istediğini söyledi. Programını ayarlayacaktı hemen. Normal şartlarda sadece lise ve üniversite öğrencileri için tertip edilmiş bir seminerdi. Dışarıdan katılımcı almıyorduk. Ne var ki genç adam öyle istekli ve sıcakkanlıydı ki kabul ettim. Seve seve ağırlayabileceğimi söyledim.

Seminer salonuna girdiğimde benden önceki sunum devam ediyordu. Sıramı bekledim, sonrasında dersime başladım. Her şey gayet yolundaydı. Son derece keyifli bir eğitim oldu. Hatta biraz müzik yapma fırsatı bile buldum.

Seminer sonunda bana sunulan plaketi ve çiçeği kabul ederken, bir beyefendi, "Başkanımızın size çok selamı var..." dedi. "Seminere katılmayı çok istedi ama malum olaydan dolayı çıkmak zorunda kaldı. Vaktiniz varsa sizi davet ediyor."

Aklıma takılan tek şey şu "malum olay"ın ne olduğuydu. Merak edip sordum. "Malum olay dediğiniz nedir?"

Sonrasında anlatılanları dinleyince büyük şaşkınlık yaşadım. Katılımcılar salona girip yerlerini aldığı sırada bir fare girmiş meğer içeri. Üstelik doğrudan protokol sırasına dadanmış... Herkes çığlık çığlığa... Başkanın da fare fobisi varmış. Ortalık karışınca fırlayıp çıkmış dışarı. Bir daha da cesaret edememiş geri dönüp semineri izlemeye...

Güler misin ağlar mısın?

Bütün imkânsızlar aslında ne kadar da mümkün...

Odama çıktığımda hem gülümsüyordum kendi kendime hem de düşünüyordum. Başkan neredeyse bir yıldır Urfa'ya davet ediyordu beni. Yoğunluktan dolayı uygun bir zaman aralığı ayarlayıp da denk gelememiştik. Nihayet bir yılın sonunda Urfa'da seminer verme imkânı doğmuş, ben de kalkıp gitmiştim ama kısmet bu ya... Bir fare nasıl da bozdu işi. Bir yıldır beni izlemek için bekleyen, hatta kolunu uzatsa bana dokunabileceği mesafede oturan kişi, son dakikada salonu terk etmek zorunda kaldı ve bir daha geri dönemedi ama yılda sadece bir kez o da bir günlüğüne Türkiye'ye gelen Iraklı çevirmen, gelir gelmez ayağının tozuyla üstelik en ön sırada yer bulabilmişti kendine... Ve ben o gün hemen seminer sonrası uçakla başka bir şehre uçtum, başkanla görüşemedik.

Bir kez daha anladım ki hesapta olan değil, nasipte olan geliyordu insanın başına. Bazen ne yaparsak yapalım yaşadığınla, yaşamayı planladığın hiç ama hiç tutmuyordu birbirini.

Sanırım tam da bu noktada kontrolcülük saplantısını enine boyuna masaya yatırmak gerekiyor.

Gereğinden Fazla Kontrolcülük Bir Hastalıktır

Hayat kontrol altında tutulamayacak kadar sınırsız ve sonsuz ihtimaller silsilesinde dalgalanıp duran kocaman bir okyanustur. Hal böyleyken insanın hâlâ adım adım planlar yapması, aklınca hesaplayabildiği ihtimalleri kontrol altında tutmaya çalışması sana da karikatürize görünmüyor mu?

İşin daha da trajikomik yanı nedir biliyor musun?

Çoğumuz kontrolümüzdeki konuları, sahiden de güvencemiz altında sanıyoruz. Oysa bir dakika sonrasına bile randevu verebilme teminatına sahip değiliz hiçbirimiz.

"Yarın tam ikide söz verdiğim gibi toplantıda olacağım. Kesinlikle yetişeceğim."

"Akşam erken yatacağım, uyumadan evvel kitap okuyacağım."

"Önümüzdeki yıl İtalya'ya tatile gideceğim."

"İki ay sonra evlenme teklif edeceğim."

"Yarın saçlarımı kısaltacağım."

"Şimdi eve gidiyorum."

Ne güzel ama değil mi? Sanki hayatımızın her anı bizzat kendi kontrolümüz altında. Neyi ne zaman istersek o zaman yapacağız, hem de istediğimiz şekliyle yapacağız. Ancak biz sözde kontrolümüz altındaymış gibi birtakım planlar yaparken, kader de bizim için başka planlar yapıyordu belki olamaz mı?

Hayat hiçbir zaman teminat altında olmadı şimdiye kadar, olmayacak da. Planlar sadece psikolojik birer telkindir... **Asıl olan "an"dır ve an içindeki eylemdir...** Gerisi kocaman bir sanrı...

Sahibi olduğun hiçbir şey yok yeryüzünde. Efendisi olduğun bir şey de yok. Ellerini kollarını bile tamamen sen kontrol etmiyorsun aslında. Beyninde oluşacak küçücük bir hasar karşısında bile elinin kolunun kontrolünü kaybetme riskin var. Hiçbir şey seninle ilgili bir güvence altında cereyan etmiyor.

Mide kasımızı dilediğimiz gibi kontrol edebilir miyiz?

Edemeyiz.

Soda içerek durumu kontrol ettiğimizi düşünürüz ama... Çok komik değil mi?

Saçlarımızın uzama hızına karar verebiliyor muyuz, gür ya da seyrek olmalarını sağlayabilir miyiz?

Hayır, sağlayamayız.

Kuaföre gidip kestirerek ya da fön çektirerek her şey kontrolümüz altındaymış gibi devam ederiz ama hayata.

Çocuklarımızın kim olacağına karar verebilir miyiz?

Hayır, veremeyiz. Onlara örnek olarak ya da onlara bir şeyi zorla dayatarak kim olacaklarını kontrol edebiliyormuşuz gibi davranmakta ısrar ederiz sadece.

Neden?

Çünkü kontrolcülük "güven" verir.

Akşam eve dönüp dönemeyeceğinin hiçbir garantisi yoktur ama zihnen bu eylemin kontrol altında tutuluyor olduğuna inanmak güven verir.

Hiçbir sevgilinin yarın öbür gün bir başkasına âşık olup gitmeyeceğinin garantisi yoktur, başına bir iş gelip sağlığını ya da hayatını yitirebileceğinin de bir garantisi yoktur ama akşam saatlerinde görüntülü arama yaparak onun orada bir başına beklediğinden emin olarak ilişkiyi kontrol ediyor gibi yapmak güvende hissettirir.

Oysa hepsi sahte bir güvendir.

Güvendeymiş gibi davranmaktır bütün bunlar. Diğer bir deyişle kontrolcülük maskesinin arkasına saklanarak çocukça bir oyalanma içinde olmaktır.

"Yaşam Sanatı" Nedir Bilir misin?

Nasıl yaşamak gerektiğinin bilgeliğine sahip olmaktır ki bazen koca bir ömür bunu arayıp durur insanlar ve sonunda "Bulamadık!" der çoğu...

Halbuki öylesine basittir ama uygulamasında zihinsel engeller ortaya çıkar hep maalesef...

Yaşam sanatındaki ustalıklarını hiç kaybetmeyenler kimlerdir biliyor musun?

Çocuklar ve hayvanlar...

Eşsiz ustalardır her biri... Yaşam sanatının en kıymetli bilgeleri...

İkisinde de kontrolcülük saplantısı yoktur. Hayvan sadece acıktığında av peşindedir. Gerçek bir "an" ustası olduğu için, sonsuz olan "an"ın içinde doğru olan eylemi nasıl var edebileceğinin bilincindedir.

Çocuklar annelerini, yarın öbür gün gidip başka çocuklara annelik yapar korkusuyla sevmezler. Sonuz "an"ın içinde, bütünüyle severler. Akışın içinde, hesap yapmadan, alışverişe girmeden, sevgi karşılığında sevme sözü vermeden, yarın ne olacağını düşünmeden severler. Annelerinden sadakat teminatı beklemezler.

"Ama annelerin sevgi garantisi var..." demek istiyorsun değil mi?

Hayır.

Annelik de teminat altında değil. Annesiz büyüyen ne çok çocuk var yeryüzünde. Üstelik annesi hayatta olduğu halde...

"Plan yapmak kötüdür..." demiyorum, tabii ki plan yapmak gereklidir ama yoğun planlar silsilesinin bir illüzyon hatta bir anksiyete olduğunun da farkında olmalıdır insan.

Kontrolcülük bir saplantı haline geldiğinde hem ilişkilerin hızla zedelenip kopmasına neden olur hem de psikolojik açıdan pek çok anksiyeteye neden olur.

Kaybetme korkusu, reddedilme, terk edilme, sevilmeme ve onaylanmama korkusu, düşüncede ve eylemde yersiz takıntılara saplanma... Gelecek korkusu, kaygı, aşırı endişe, her an başıma kötü bir şey gelecek korkusu, aşırı önlem alma yoluna gitme... Bütün bunlar hep aşırı kontrolcülüğün yol açacağı acıklı hezeyanlar.

Daha önce duydunuz mu bilmem ama yeri gelmişken söz etmekte fayda görüyorum.

Kendini Gerçekleştiren Kehanet!

Yeni bir kavram değil...

Robert Merton 1949 yılında *Sosyal Teori ve Sosyal Yapı* adlı kitabında enine boyuna tartışmıştır bu meseleyi. Geleceğe dair spiritüel kehanetlerde bulunmak, olasılıklar arasında en güçlü olanı seçip bir tür talih oyunu oynamaktan söz edilmiyor burada. Tam tersine somut gerçeklikler, takıntılar ve kontrolcülük bütün mesele...

İnsan neyi kontrol etmeye çalışırsa kendi için kaçındığı sonucu kaygılarından kaynaklanan tutumuyla, seçimleriyle ve kararlarıyla bir şekilde var etmeyi başarır. İşte buna da kendini gerçekleştiren kehanet denir.

Çocuğunun hastalanmasından çok korkuyorsun ve bu durumu kendince kontrol altında tutmaya çalışıyorsun diyelim. Çocuk her terlediğinde üzeri değişiyor, yerden her oyuncak aldığında elleri yıkanıyor... Bir noktaya kadar çocuğunun sağlığı kontrolün altındaymış gibi görünse de verdiğin kararlarla, takındığın bu tutumla korktuğun kehanetin gerçeklik bulmasına hizmet ediyorsun farkında bile olmadan. Bağışıklık sistemi kontrolcülüğün yüzünden çöken çocuğun, artık daha kolay hastalanır hale geliyor.

Eskilerin "Korktuğun başına gelir..." ya da "Bir şeyi kırk defa söylersen gerçekleşir..." deyişinin neredeyse tam karşılığı gibi değil mi?

Uzun lafın kısası, Mevlana'nın bu yazıya konu olan sözü, yastık altında saklanacak bir öğüt değil... Hayatın içinde her an ve her koşulda muhakkak hatırlanıp kullanılması gereken bir bilgelik... Hayatın güzelliği teminatsız oluşundadır. Her an her şekilde sayısız olasılıklara açıktır. İhtimaller her zaman hep mümkündür. Kötüsünden korkup kontrolcülüğe kapılarak sayısız bütün iyi ihtimallerin de önünü kesmeyin. Bırakın olduğu gibi gelsin hayat...

4. KURAL

HER ŞEY ÜSTÜNE GELİP SENİ DAYANAMAYACAĞIN BİR NOKTAYA GETİRDİĞİNDE SAKIN VAZGEÇME. ÇÜNKÜ ORASI KADERİNİN DEĞİŞECEĞİ YERDİR.

Bazen her şey üstüne gelir biliyorum. Dayanamayacağını düşünürsün bir noktadan sonra. Sanki artık son kertedir orası. Tüm varlığınla her şeyden vazgeçmeye hazırsındır artık. Ne umut kalmıştır geriye ne de heves...

Bir yudum su içmeye takatin yok gibi gelir. Dünya sanki sana karşıdır. Bir solukluk refahı bile çok görmüştür. Dert üstüne dert binmiştir. Ne yana baksan dört duvar. Güneş sadece seni aydınlatmıyor. Küsersin hayata... Gücenirsin onca emeğe, iyi niyete ve sevgiye rağmen seni yarı yolda bırakan kaderine. Yüzüne gülmeyen talihine...

Karanlıktır etrafın. Bir adım ötesini bile göremez hale gelmişsindir. El yordamıyla düşe kalka yürümeye devam etmek istemiyorsundur artık. "Bunu hak etmedim!" diyorsundur kendine sürekli...

"Ben bunu hak etmedim!"

Karanlıkta bir sağanak başlar... Dünyanın bütün dertleri toplanıp üzerine yağar adeta ve sen zaten bir kaşık suda boğulmaya razısındır. Çabasız, eylemsiz, ümitsiz öylece beklersin.

Orası sondur senin için.

Son!

Oysa hatırlasan keşke renkli gökkuşağı sağanak yağmurlardan sonra belirir gökyüzünde. Hatırlasan keşke günün en karanlık saati şafağa en yakın vakittir, güneş kapıda seni beklemektedir.

İnsanoğlunun en iyi bildiği halde sürekli unuttuğu değişmez kaidelerden biridir bu.

Gecenin en karanlık saati güneşe en yakın olduğu vakittir.

Aydınlık artık bir an meselesidir. Ufukta sapsarı bir umut, koyu karanlığı orta yerinden kesip haşmetle yükselmektedir.

Ve aydınlık neden kutsaldır o an bilir misin?

Çünkü gece fazlasıyla uzun ve karanlık geçmiştir.

Şükür neden kıymetlidir o an bilir misin?

Gözlerin görebildiği halde kör yaşamayı tecrübe ettiğin içindir.

İnsan en çok ıstırabından şikâyet eder ama bütün mutluluğunu da ıstırabına borçlu olduğunu bilir. Kazanmayı öğrenir kaybettiği için, sevmeyi öğrenir yalnız kaldığı için, omuz vermeyi öğrenir çelmeyle devrildiği için, bağışlamayı öğrenir yorulduğu için, sadakati öğrenir terk edildiği için...

Kahramanlığı hep dışarıda arar insan. Başkalarının hikâyelerini dinler, başkalarının zaferlerini izler, başkalarının kahramanlığına hayranlık duyar. Dışarıya odaklı olduğundan kendi kahramanlık hikâyesini ıskalar.

Kim gibi olmak isterdin, belki birçok isim sıralardın.

"Neden?" diye sorsam.

Takdir ederek ve onaylayarak anlatmaya başlardın bana hepsinin zorlu hayat hikâyelerini. Yokluktan gelmiştir, kimse ona inanmamıştır ama o inat etmiştir, küçük yaşta yalnız kalmıştır ama hiç pes etmemiştir, çok yeteneklidir, kendini geliştirmek için gece gündüz çalışmıştır, çok düşmüştür ama her defasında ayağa kalkmıştır, haksızlığa uğramıştır ama dönmemiştir yolundan, ihanete uğramıştır ama inandığı şey uğruna verdiği mücadeleye sadık kalmıştır. Ve sonunda senin hikâyesine hayran olduğun kahramana dönüşmüştür.

Şimdi durup bir de kendine bak lütfen.

Sen hiç mi başarmadın imkânsızı? Yapamazsın dedikleri halde yapabildiğin hiçbir şey olmadı mı yani? Tırmanamazsın dedikleri ağaca tırmanmadın mı, sevemezsin dedikleri insanı herkesten çok sevmedin mi, yanarsın dedikleri halde küllerinden doğmadın mı? Hiç mi ihanete uğramadın, hiç mi terk edilmedin, hiç mi dışlanmadın, hiç mi yalnız bırakılmadın? Yine de her defasında devam etmedin mi yola? Hiç mi affetmedin kimseyi, hiç mi kucak açmadın sana muhtaç kalana? Karnını doyurmadın mı bir sokak kedisinin, pazar çantasını taşımadın mı bir komşunun, evine bırakmadın mı mahalleden bir arkadaşını, hesabını ödemedin mi işsiz kalan dostunun, hakkını helal etmedin mi vefasızlık eden sevgiliye?

Bu bir başkasının hikâyesi olsaydı eminim hayran olurdun. Ama bu sensin ve kendi hikâyene hayranlık duymaktan imtina ediyorsun. Bunlar seni sanki daha az kahraman yaparmış gibi düşünüyor, kendi yürek gücüne, iradene, yeteneklerine ve yaşam sevincine çelme takıyorsun, haksızlık ediyorsun.

Hayat bir tek seni sevmiyormuş gibi davranmaktan vazgeç artık. Hiçbir şey sana karşı değil... Hiçbir şey sana rağmen değil... Her şey seninle var ve her anın içinde bir anlam gizli...

Bir sufi öğrencisine ustalarının öğretmeye çalıştığı en değerli gönül terbiyesi nedir bilir misin?

İyi ile kötü arasındaki sınırları kaldırabilmesi...

İyi tek başına yoktur. Kötü de tek başına yoktur. Bir şey sadece iyi olamaz, sadece kötü de olamaz. Aynı anda hem iyi hem kötüdür. Aynı anda hepsidir ve birdir.

Olana nereden baktığındır fark yaratan.

Olanı ne şekilde kabullenip benimsediğindir sonucu değiştiren.

Sen "Paramı kaybettiğim için battım!" dersin.

Öteki "Paramı kaybettiğim için kazanmayı öğrendim..." der.

Sen "İyi bir ailem olmadığı için başaramadım!" dersin.

Öteki "İyi bir ailem olmadığı için başardım..." der.

Sen "Hep sırtımdan vurulduğum için kimseye güvenmiyorum!" dersin.

Öteki "Hep sırtımdan vurulduğum için kime güvenileceğini öğrendim..." der.

Başımıza gelen her şey durumdur, sonuç değil... Sonucu belirleyen şey durumu ne şekilde ve nasıl algılayıp benimsemeyi tercih ettiğimizdir.

Mevlana'nın da işaret ettiği şey tam da budur.

Bazen yorucu ve yıkıcı olabilir senin için. Ama unutma ki hiçbir şey sadece yorucu ve yıkıcı olamaz. Pes ettiğinde madalyonun diğer yüzünü görme şansın yok. Ama hayata şans verdiğinde kaderin de değişmesine izin vermiş olursun. Madalyonun diğer yüzünü yaşamayı da hak ediyorsun çünkü... İyi ya da kötü değil, doğru ya da yanlış değil... Hayat sana sunulmuş bir madalyon ve istesen de istemesen de her şeyin görünmeyen bir yüzü daha var. Yapman gereken tek şey hayata bir şans daha verip madalyonun hak ettiğin diğer yüzünü de yaşamak...

Çok sevdiğim bir hikâye var... Ne vakit "Hayat benden yana değil!" diye düşünsem aklıma gelir ve madalyonun bir yüzü daha olduğunu hatırlatır bana.

İzin verirsen anlatayım...

Ayaza kesmiş buz gibi bir aralık sabahıydı. Koydaki balıkçı tekneleri "Vira!" deyip denize açıldılar yine de. Ancak öğleden sonra öyle büyük bir fırtına koptu ki akşam olduğunda bile hiçbir tekne geri dönmemişti hâlâ.

Kimseleri uyku tutmadı o gece... Sevdiklerinin geri dönmesi için ne yapacağını bilemeyen anneler, eşler, sevgililer ve çocuklar limanda bir aşağı bir yukarı volta atıp elleri kalplerinde dualar ettiler, gözyaşı döktüler. Bütün bu çaresizliğin ortasında limana yakın kulübelerden birinde yangın çıkmasın mı? Kasabanın erkekleri denizde olduğu için ne yazık ki yangını kontrol altına alıp söndürmek mümkün olmadı. Kulübe herkesin gözü önünde kül oluverdi.

Sabah olduğunda uykusuz ve yorgundu herkes... Gözler büyük bir umutla ufka dönüktü hâlâ... Bir ara bir balıkçı teknesi belirdi ufuk çizgisinde. Sonra bir tane daha, bir tane daha ve bir tane daha...

Büyük bir sevinç ve coşku kaplamıştı kasabalıların yüreğini. Balıkçı filosu gittiği gibi sapasağlam geri dönmüştü işte. Ancak aralarında biri ümitsizlik ve acı içindeydi. Dün geceki yangında kulübesi küle dönen balıkçının karısı...

"Evimiz yandı!" diye yakarıyordu. Başını ellerinin arasına almış ağlıyordu durmadan.

"Biz mahvolduk! Bittik artık! Evimiz bütün eşyalarıyla yandı! Biz kül olduk artık!"

Balıkçı koca, elini havaya kaldırmış selamlıyordu karısını gülümseyerek.

"Ağlama kadınım ağlama..." diyordu. "Bize o yangını verene şükürler olsun. Yanan kulübemizin ışığı sayesinde bütün tekneler yolumuzu bulabildik, bak sağ salim dönebildik sevdiklerimizin yanına."

5. KURAL

GÜVENEBİLMEK, SEVMEKTEN DAHA ÖNEMLİDİR. ÇÜNKÜ SEVGİNİN OLDUĞU YERDE GÜVEN YETİŞİR AMA GÜVENİN OLMADIĞI YERDE SEVGİ YETİŞMEZ.

Uzak diyarlarda mutluluk ve refah içinde yaşayan kocaman bir ülke vardı. Ancak bir gün çok sevdikleri kralları yaşlılıktan hastalanıp öldü. Ülkeyi bir kederdir aldı. Kara kara düşüncelere daldı halk...

Çünkü babasının yerine geçmesini bekledikleri yakışıklı prensleri hâlâ bekârdı ve bekâr bir adamın bu ülkede kral tahtına oturup liderlik etmesi mümkün değildi. Bir ailesi olmak zorundaydı.

Genç ve yakışıklı prens, ülkesinin mutluluğunun ve refahının devamı için bayrağı babasından devraldığı şekilde taşımaya kararlıydı. Halkının daha fazla belirsizlik ve endişe içinde yaşamasına izin vermeyecekti. Evlenmeyi kabul ediyordu ama kiminle? Nasıl seçecekti eşini, neye göre karar verecekti hayat arkadaşının kim olacağına?

Bir vakit içine kapandı düşündü, düşündü, sonra bir karar verdi.

Memleketin dört bir köşesine haber saldı.

Prens, kendisine uygun bir kızla evlenecekti. Bu evliliğe talip olan bütün kızların filanca gün sarayda hazır bulunmaları gerektiğini duyurdu.

Halk büyük bir heyecana kapılmıştı. Koskoca prens içlerinden biriyle evlenecekti. Talih kuşu her an başlarına konabilirdi. Hummalı bir hazırlıktır başladı ülkede. Genç kızlar kıyafetler diktirdiler, pabuçlar yaptırdılar, saçlarını tarattılar, kokulu sabunlarla yıkanıp esanslar süründüler. Yastık altında biriktirdikleri paraları hiç düşünmeden güzelleşmek ve kendilerini prense beğendirmek için harcamaya koyuldular.

Ancak biri vardı ki onun ne yastık altında birikmiş parası vardı ne de gösterişli, alımlı bir güzelliği... Sarayın hizmetlilerinden birinin zayıf ve yoksul kızı... Koskoca prens bakar mıydı ona hiç, eşi olarak seçer miydi, alıp halkının huzuruna çıkarır mıydı onu?

Çıkarmazdı tabii.

"İmkânsız..." diyordu annesi zavallı kızına. "Doğduğundan beri bu sarayda yaşıyorsun sen. Bir kere bile görmedi seni. Bütün hizmetini sen gördüğün halde bir kez göz göze dahi gelmediniz. Kendini bir rüyaya kaptırma. Boş yere umutlanma. Sonra çok üzülürsün."

Hizmetçinin kızı olarak bu sarayda dünyaya gelen genç kız çocukluğundan beri kalbinin pır pır attığı bu yakışıklı prensin davetine katılmayı her şeyden çok istiyordu. Ona kendini fark ettirmek bile ömür boyu mutlu ederdi onu. Bu fırsatı kaçıramazdı. Bir kerecik huzuruna çıksa ve göz göze gelseler yeterdi.

"Yüzüme bir kere baksın. Beni görsün istiyorum..." dedi annesine. "Sonra yine bakmasın. Yine görmesin beni. Yine fark etmesin varlığımı. Onu öyle çok seviyorum ki göz göze geldiğimiz o tek anı hayatımın sonuna kadar korurum içimde."

Çaresizce ve ümitsizlik içinde başını sallıyordu annesi.

"Peki..." dedi. "Git o halde."

Hizmetçi kız kendince bir hazırlığa koyuldu. Sandıktan temiz kumaşlar çıkartıp kendi elleriyle elbise dikti, saçlarını taradı, yeni bir pabuç aldı.

Sonunda beklenen gün de gelip çattı.

Memleketin dört bir yanından sayısız güzel genç kız, prensin huzuruna çıkmak için saraya toplandı. Hepsi alımlı, göz kamaştırıcı, bakımlı, gösterişliydiler. Hizmetçi kız da aralarında... Prens, namzetlerin her birine küçük keseler içinde tohumlar dağıttı önce. Kimsenin ne yüzüne baktı ne de sohbet etti biriyle...

"Bu tohumlar için özel bir saksı edinmenizi istiyorum..." dedi. "Ekip yetiştirin güzelce. Altı ay sonra en güzel, en sağlıklı, en bakımlı çiçeği yetiştirmiş olan kızla evleneceğim."

Herkes çok şaşırmıştı.

Ne yani, aylardır süren onca hazırlıklar boşa mıydı?

Prens kimsenin yüzüne bile bakmamıştı. Kızlardan biriyle bile konuşmamıştı. Şimdi de çiçek yetiştirecekler, altı ay sonra da getireceklerdi öyle mi? Çok saçma!

Kimse bir anlam veremedi ama prensin dediğini yaptılar. Tohumlar saksılara ekildi hemen. Hizmetçi kız da bir saksı bulup toprağa özenle ekti tohumlarını. Her gün başında bekledi saksının, toprağını suladı, güneşte yatırdı ama olmadı. Ne kadar üzerine titrese de tohumlar bir türlü patlayıp çiçeğe durmadı. Günden güne yüreği daraldı, umutları söndü, kalbi kırıldı hizmetçi kızın. Yine de altı ay sonra prensin buyurduğu vakitte kucağında boş saksıyla sarayın avlusunda beklemeye başladı.

Gelen saksıların içinden taşan renkli çiçekleri görünce daha da kahroldu. Neler yoktu ki aralarında? Mavi, kırmızı, mor, pembe, sarı, beyaz renkli çiçekler. Öylesine gür ve bereketli yetişmişlerdi ki prensin içlerinden birini seçmesi hayli zor görünüyordu.

Prens çiçeklere sırayla bakmaya başlamıştı. Kızlar kucaklarında saksılarıyla seri şekilde önünden geçip gittiler prensin. Hizmetçi kız da katıldı aralarına. Utancından başını bile kaldırmadı bu kez. Bunca güzel çiçeği gördükten sonra kuru toprakla karşısında durduğu prensle göz göze gelmeye dayanamazdı.

Prens, hizmetçi kızın bileğinden hafifçe tuttu. Saksıyı ona vermesini istedi. Parmağıyla azıcık eşelediğinde verdiği tohumların orada beklemekte olduğunu gördü. Hizmetçi kızı yanına aldı ve avludaki misafirlere seslendi.

"Eşimi buldum sevgili misafirlerim, dağılabilirsiniz artık, teşekkür ederim."

Bir kargaşadır koptu avluda.

Kızlar itiraz ediyorlardı sonuca. "Nasıl olur?" dediler. "Elimizdeki çiçeklere bakın bir de şu kuru toprağa... Siz bizi aldattınız. Yalan söylediniz. Boşuna oyaladınız. Bir de çiçek yetiştirttiniz. Boşu boşuna onca masraf ettik."

"Bu genç hanım bana dünyanın en değerli çiçeğini sundu sevgili misafirlerim..." dedi prens. "Bana dürüstlük çiçeği getirdi o. Güven çiçeği getirdi. Sizlere dağıttığım tohumlar sahteydi. Çiçek açmaları imkânsızdı."

Böylece prens, dürüstlüğünden emin olduğu bu genç kızla, ömür boyu süren, mutlu bir evlilik yaptı.

Mevlana'nın da dediği gibi: "Bu yollar yalnız yürünmez..."

Hayat kimine göre uzun kimine göre kısa da olsa muhakkak ki bir yolculuktur. Elbette yol arkadaşlarımız olacak hepimizin. Kimine sevgili diyeceğiz, kimine eş, kimine dost, kimine arkadaş, kimine kardeşten öte can... Kimse bir başına değil bu yolculukta. Yoldaşlarımız olmalıdır ve her zaman da olacaktır.

Hepimiz çok isteriz değil mi hiç korkmadan birine sırtımızı yaslamayı, aklımıza zerre kuşku bulaştırmadan birine canımızı, paramızı, sevdiklerimizi emanet edebilmeyi, samimiyetine güvenerek yaralarımızı açık etmeyi, çekinmeden sırlarımızı paylaşabilmeyi, utanmadan yardım isteyebilmeyi, yanında kendimiz gibi olabildiğimiz insanlarla bu yolu yürümeyi?

Bu eşsiz tecrübe için bize lazım gelen tek şey, önce kendimizin güvenilir ve dürüst insanlar olabilmeyi becermemizdir.

İhtiyaç duyduğun ya da aradığın ne varsa bunu önce kendine ödemekle yükümlüsün yol arkadaşım.

Sen dürüst ve güvenilirsen eğer, bu yolda en az senin kadar dürüst ve güvenilir yoldaşlarla yürürsün hayat yolunu.

Biliyorum kimse "Ben güvenilir değilim, dürüst bir insan değilim!" demez. Hepimiz dünyanın en güvenilir, en dürüst insanları olduğumuza dair yeminler edebilir, hikâyeler anlatabiliriz birbirimize. Hep başkaları üzmüştür, hep başkaları aldatmıştır, paramızı almıştır, güvenimizi sarsmıştır. En yakın arkadaşımız göz koymuştur sevdiğimize, hep başkaları ihanet etmiştir emanetimize. Bütün bunların ödülü olarak güvenilir ve dürüst insanlar dileriz hayatımıza ama ilahi adalet böyle işlemez.

En çok kazık yiyenin hakkı değildir dürüst insanlarla yol arkadaşlığı etmek.

En çok aldatılanın hakkı değildir güvenilir dostlarla yaşam yolunu yürümek.

Güvenilir, dürüst insanlarla kader birliği yapmak güvenilir ve dürüst insanların hakkıdır.

Bence artık dürüstlükten ne anladığımız üzerine oturup düşünelim. Kavramları yeniden tartışalım.

"Dürüst bir insanım ama sosyal medyada gizli hesaplarım var, farklı insanlarla farklı isimle konuşuyorum."

"Dürüst bir insanım ama fotoğraflarımda kendimi olduğumdan çok farklı gösteriyorum."

"Güvenilirim ama pembe yalanlar da söylerim."

"Güvenilir biriyim ama bakamadığım için kedimi sahiplendirdim."

"Güvenilir biriyim ama sevgilim aramayınca arkadaşıyla görüştüm."

"Hadi canım o kadar da değil!" mi diyorsun?

"Bunlar ufak tefek şeyler..." mi diyorsun?

"Kim yapmıyor ki bunları, herkes yapıyor!" diye mi düşünüyorsun?

O halde bizlerin dürüstlük ve güvenilir olmakla ilgili ciddi yanılgılarımız var demektir. Hayal kırıklıklarımız boşuna değildir.

Güven pahalı bir mülktür elbette... Bu yüzden herkeste bulunmuyor. Mevlana'nın da işaret ettiği gibi insanın serveti dürüstlüğü ve güvenilirliği olmalı...

6. KURAL

BİTKİNİN GÜZELLİĞİ TOHUMUN İYİLİĞİNDEN, İNSANIN GÜZELLİĞİYSE KALBİNİN İYİLİĞİNDEN GELİR.

"Şu dünyadaki en mutlu kişi, mutluluk verendir" şarkısını hatırlar mısın? Çocukluğumdan beri hep çok sevmişimdir. Hatırladığımda sadece dilime dolanmaz, hem çok kıymetli bir bilgeliği hatırlatır bana hem huzurlu hissettirir. Şu hayatta her ne istiyorsam ya da her neye ihtiyaç duyuyorsam onu başkalarına verebiliyor olmam gerektiğini hatırlatır.

Mutlu olmak mı istiyorsun?

O halde başkalarına mutluluk ver.

Sevilmek mi istiyorsun?

O halde koşulsuzca sevebil.

Bereket mi istiyorsun?

O halde elindekini paylaş.

Benim için mutluluğun sırrı paylaşmaktır mesela. Başkalarına yardım etmek istiyorum. Elimden gelenin fazlasını yapmak, başkalarının mutluluğu için mesai harcamak, emek vermek tarifsiz mutlu ediyor beni. Bu âlemde edindiğim kocaman bir aile kuruyorum günden güne daha da büyüterek. Benim bütün yaşamım bunun üzerine kurulu. Paylaşmak ve yardımlaşmak...

Çocukluğumdan beri öğrenerek biriktirdiklerimi hiç hesap kitap yapmadan cömertçe paylaşıyorum, başkalarının hayatlarına iyilikle dokunuyorum. Beni bundan daha fazla mutlu eden bir şey yok...

"Eğer paylaşmayı bilirseniz, ekmeği paylaşmak, ekmekten daha lezzetlidir..." denir ya, benimki tam da bu hesap işte... Paylaşmaktan aldığım doyumu, öğrendiğim sabrı, kazandığım mutluluğu ve hayata bu sayede yüklediğim anlamları tarif edemem.

Bir mum diğer mumu tutuşturduğunda ışığından hiçbir şey kaybetmiş olmaz. Tam aksine etrafın daha çok aydınlanmasına hizmet etmiş olur. Paylaşmak benim için aydınlığa daha fazla hizmet etmek demektir. Başkalarına bir şeyler vermekle eksilmez insan, ışığın çoğalmasına destek olur ki aydınlık günlere emek vermiş olmanın gururu, mutluluğu ve tatmini paha biçilemez. Aksi halde dünya anlamsızlıklar silsilesidir. Kıymetli bir değere, kıymetli bir eyleme emek vermediğinde, kendine anlamlı bir yaşam gayesi seçemediğinde diğer her şey anlamsızlıklar cehennemidir. Ne sabah erken uyanmanın bir anlamı vardır, ne bütün gün çalışmanın ne de zorlu yaşam koşullarına para yetiştirmeye çalışmanın...

İlahi sistem, ışığa/nura/aydınlığa/ilericiliğe katkısı olanları muhakkak ödüllendirir. İhtiyacın olanı hayatına davet etmenin tek yolu, ihtiyacın olanı başkalarına verebilme cömertliğini gösterebilmek.

Hesap yaparak yaşayanların hiçbiri mutlu olmadı yeryüzünde şimdiye dek. Ne kadar varlık ve servet sahibi olsalar da karşılığında bir şey almadan bir şey veremeyeceği düsturuyla yaşam yolunu yürüyenler, yolda hastalandılar, örselendiler, tükendiler.

Günün sonunda servetlerine rağmen mutsuz, yorgun ve tükenmiş hissettiler kendilerini. Mutluluk emektir, eylemdir ve hesaplaşmadan, cömertçe verilebilen her şey ama her şeydir. Başkalarının mutluluğunda payı olmayanın şu âlemden mutlu bir yüzle, huzurlu ve tatmin bulmuş bir yürekle gelip geçmesi mümkün mü?

Katiyen değil...

Halkına hizmet etmeyi çok seven, onların mutluluklarında pay sahibi olmak için emek veren kralın hikâyesini bilir misin?

Bir gün halkı kolayca pazaryerine gelebilsin, tepeleri aşmadan ihtiyacını görebilsin diye geniş yollar yaptırmaya karar verir kral. Devletinin bütçesinden cömertçe harcamalar yapar bu yolların inşası için. Çok geçmeden hayalindeki sonuca ulaşır da. Ustalar nefis bir yol inşa etmişlerdir. Geniş, rahat ve dümdüz...

Ancak kral yolun açılışını öyle oldubittiye getirmek istemez. Kutlamaları bir yarışmayla taçlandırmak ister. İsteyen herkesin bu yarışmaya katılabileceğini duyurur. Tabii ki yüksek olur katılım. Yoldan güzelce geçebilen kişiyi ödüllendirecektir kral...

İyi de yolu güzelce geçmek nedir?

Bunu da ancak yola düşen bilecektir.

Halk bir coşkuyla bir merakla talip olur yarışmaya... Söylenen günde yolun başında hazır bekleşirler. Kimileri en güzel kıyafetlerini giymiştir, kimileri taranmış, süslenmiş, kokular sürünmüştür, kimileri en pahalı ayakkabılarıyla hazır bulunup, kimileri nefis yolluklar getirmiştir. Herkes kendince yoldan güzelce geçebilmek istiyordur.

Derken hepsi atarlar ilk adımlarını yola... Başlarlar yürümeye... Günün sonunda kralın yanına döndüklerinde yolun tadını çıkarmış, keyfini sürmüş, hakkını vermiş olarak yolu en güzel geçen kişi olup ödüllendirilme hevesiyle yürürler de yürürler. Güneş batıp da akşam oluncaya kadar sürer bu yürüyüş... Öyle büyük yollar yaptırmıştır ki kral, gerçekten de hakkı ödenmez.

Ne var ki yola çıkarken yaşadıkları hevesin yerini yorgunluk ve öfke almıştır akşam geri döndüklerinde. Hepsi şikâyetçidir yoldan. İçlerinde yolu güzelce geçen bir kişi bile yoktur.

Yolun geniş ve uzun olmasına rağmen molozlarla, kırık taşlarla ve tuğlalarla dolu olduğundan yakınırlar. Ayrıca yönlerini kaybetmişlerdir. Nereye gideceklerini bilememişlerdir bir yerden sonra. Hiç yönlendirme tabelası olmadığından yakınırlar. Şikâyetin bini bir para...

Kral başını sallayarak ama biraz da hüzünle dinler hepsini.

"Pekâlâ..." der. "Şikâyetleriniz en kısa zamanda çözülecektir. Ancak kimse yoldan güzel dönmeyi başaramadığı için kimseye ödül yok."

Ödülden zaten vazgeçmiş olan insanlar yolun düzeltilmesine razıdırlar. Dırdır edip dönerler evlerine.

Hepsi dağıldıktan sonra sırtında çuvalıyla genç bir adam gelir sonra kralın yanına.

"Yetişemedim affedin..." der. Üstü başı toz toprak içindedir onun da... Sırılsıklam da terlemiş. Kralın önünde saygıda kusur etmeden eğilir.

Çuvalından kocaman bir kese çıkarır ve uzatır krala:

"Sanırım bu sizin efendim..." der. İçi altınla doludur kesenin. Kral gülümser.

"Benim mi?" diye sorar. "Bundan nasıl emin oldun?"

"Yaptırdığınız yeni yolda yürüyordum efendim..." der genç adam. "Yol toz toprak içindeydi. Her yerde moloz yığınları ve parçalanmış tuğlalar vardı. Gelip geçenler yürümekte çok zorlanıyorlardı. Ben de rahat yürüyebilsinler diye yolu temizlemeye başladım. Taşları ve moloz yığınlarını kaldırdım. O sırada bu keseyi buldum işte. Bu kadar altın halktan birinin olamaz. Olsa olsa sizindir diye aldım getirdim."

"Hayır..." der kral. "Bu altınlar benim değil senin... Hepsini sen kazandın. Yoldan güzelce geçebilen kişi sensin. Çünkü yoldan güzelce geçen kişi, arkasından gelenler için yoldaki engelleri kaldıran kişidir."

"Her an iyilik tohumu
ekedur, ekmedikçe
hiçbir şey biçemezsin.
Ve unutma kalbinde
iyilik biriktirenlerin yolu
daima açıktır."
– Mevlana

7. KURAL

SABIR ÖYLE BİR İPTİR Kİ SEN KOPACAK SANIRSIN O GİTTİKÇE GÜÇLENİR, SEN BİTECEK SANIRSIN O GİTTİKÇE ÇOĞALIR.

Kadim yolların kestirmesi yoktur.

Hakikatin, doğrunun, iyinin, güzelin, kalıcı olanın, değerli olanın, bereket ve kazanç sağlayan yolun kestirme sokakları olmaz. Bunlar ana arterlerdir. Kurnazlık edip aralardan kaçıp dolaşarak kat edilemez.

Kıymetli, kalıcı ve kazançlı yollar, doğru biçimde ve sabırla yürünmelidir. Bunun hiçbir kaçar yanı yok. Uyanıklık eden kendine çelme takar sadece. Vaktinde başaracağı şeyin kestirmesinin peşine düşenler hedefledikleri sonucu daha da geciktirirler hatta ara yollarda kaybolurlarsa hedeflerini imkânsızlaştırırlar bile.

Kendine bir yol seçtiysen eğer, sabırla ve doğru biçimde kat etmesini de bileceksin. Kurnazlık yoluna sapmak seni zararlı çıkarır, ulaşmayı arzuladığın sonu geciktirir, erteler ya da imkânsız kılar. Kâinatın düzenini dolandıramazsın. Ona karşı sahtecilik, uyanıklık yapamazsın. İlahi düzen bunu görür ve katiyen izin vermez.

İşte bu noktada yaşam bize çok değerli bir tutum öğretir.

Sabır!

Sabır, kıymetli yolların bir kestirmesi olmadığını bilmek demektir. Bu bilgiye sahip olan insan tökezlemez, aklı karışmaz, paniklemez, strese kapılmaz, küsmez, hayal kırıklığına uğramaz.

Yola razı olmakla ilgisi yoktur sabrın. Kadercilik anlamına gelmez katiyen. "Yolumuz buysa gideriz, kaderimiz buysa çekeriz..." çaresizliği barındırmaz içinde. Bilakis, kendinden ve sonuçtan emin olmakla, bilinçle, bilgelikle, eylemle ilgilidir. Hayatın içinde su gibi akıp gitmektir. Boyun eğmek değil, çaba göstermektir. Ummak değil, oluşturmaktır. Beklemek değil yürümeye devam etmektir. Pasif bir tutum değil, aktif bir mücadeledir. Öfkeye, korkuya, paniğe, umutsuzluğa, hayal kırıklığına, güvensizliğe kapılmadan yolda ilerlemek, yolun değişen koşullarına göre yeni bir tutum belirlemek, vazgeçmemek, güvenmek, sakin kalmaktır.

Hatırla ki savaşta ilk vurulanlar, kaçanlardır. Kalıp koşulları değerlendirenler, duruma göre yeni bir strateji oluşturanlar, serinkanlı olanlar, panikleyip kendilerini hedef tahtasının önüne atmayanlar, çırpınarak görünür hale gelmeyenler, ne yapacağından emin olanlar, ne yapması gerektiğine sükûnetle karar verenler devam ederler savaşa...

İşte buradaki zekânın, stratejinin, sükûnetin ve bilgeliğin adıdır sabır. Ancak bunu başarabilenler uzun süreli ve kalıcı dönüşümler, gelişimler yaşayabilirler.

Hiçbir yol, güllük gülistanlık değildir. Karşımıza mavi kelebekler, renkli çiçekler ve bitmeyen bir bahar çıkmaz. Yol, her haliyle güzeldir ve her haliyle bizim içindir. Yol bize karşı değil, yol bizimle uzayıp gidendir. Tıpkı hayat gibi... Yolda dört mevsim yaşanır. Baharlar da vardır elbet karakışlar da. Yağmur da yağar, şimşek de çakar, boran da olur, tipi de basar, sis de kaplar, kar da indirir. Ama bilirsin ki hepsi geçicidir. Çünkü her şey her an değişir ve geçer. Hiçbir şey sonsuza dek sürmez. Mevsimler de, zorluklar da, mutluluklar da. Sonsuz ve kesintisiz bir mutluluk yoktur. Bunu hedefleyerek düşüyorsan yola, bil ki baştan yolun doğasına aykırı bir istekle kocaman bir hayal kırıklığı inşa ediyorsun kendine. Sonsuza dek süren bir şey yoktur yaşam yolunda. Ne mutluluklar ne kederler sonsuzdur. Hiçbir acı ilk günkü şiddetiyle devam etmez, giderek azalır. Mutluluklar da öyledir. Yol yeni mutluluklar ve yeni acılar yaşatır insana. Hiçbirinin kalıcı olmadığını bilerek yürümeye devam eden yani sabır gösteren kişi yolu bir bilge olarak tamamlar. Yola güvenmek, kendine güvenmek ve sabırla yürümek kocaman bir hayat yaşamak demektir işte.

Ulu bir kavak ağacının yanında günün birinde bir kabak filizi boy atıvermiş. Mevsim boyunca kavak ağacına sarılarak devam etmiş yükselmeye... Yağmur ve güneş bereketiyle yere düştükçe iyice büyümüş, hatta hızla boy atmış. Neredeyse kavak ağacının boyuna ulaşmış. Sonra bir gün kendi de kendi haline şaşarak sormuş kavağa:

"Sen kaç ayda bu hale geldin ey kavak?"

"On yılda..." demiş kavak.

"On yılda mı?" diyerek gülmüş, çiçeklerini sallamış kabak kibirle. "Ben neredeyse iki ayda seninle aynı boya geldim bak."

"Doğru..." demiş kavak. "Kısa sürede boyuma ulaşmayı başardın."

Bu konuşmanın üzerinden günler, haftalar gelip geçmiş ve sonbaharın ilk serin rüzgârları esmeye başlamış. Çiçek üşümeye başlayınca yaprakları da birer birer düşmüş. Soğuklar arttıkça içine kapanmış, kendini kısmış ve giderek küçülüp kısalmış.

Dayanamayıp endişeyle sormuş kavağa:

"Neler oluyor bana böyle, iyi hissetmiyorum!"

"Ölüyorsun..." diye karşılık vermiş kavak.

"İyi ama neden? Her şey yolundaydı, çok iyiydim, güçlüydüm, hızla boy atıyordum."

"Benim on yılda geldiğim yere, iki ayda gelmeye çalıştığın için ölüyorsun..." demiş kavak... Çünkü yazının başında da dediğim gibi kadim yolların kestirmesi olmaz. İlahi düzeni dolandıramazsın, buna katiyen izin vermez. Yolu gelişerek, büyüyerek kat etmeyi öğrenenle, kestirmeden koşturanlar bir olur mu hiç?

Olmaz.

"Sabret ki her şey
hissettiğin kadar derin
ve sonsuz olsun.
Sabret ki her şey
gönlünce olsun."
– Mevlana

Sıcak bir yaz günü yollara düşmüştü derviş... Dağları tepeleri aşmış, ormanların içinden geçmiş, iyice yorulmuştu. Susuzluğu hayli yavaşlatıyordu onu. Hızı kesilmişti birden. Ne de olsa yaşlıydı artık, eskisi kadar dayanıklı sayılmazdı bedeni.

Öğrencisi olan delikanlıya dönüp, "Bak evlat..." dedi. "Çok üzgünüm ama senin biraz geri gitmen gerekecek. Şimdi hatırlıyorum da ormanın içinden geçerken yanlış dolandık. Oysa iki üç fersah ötede gürül gürül akan bir nehir vardı, geçtik. Ben çok susadım evladım. O nehre git ve bana su getir biraz."

"Hiç üzülmeyin ustam..." dedi delikanlı. "Size hizmet benim vazifemdir. Onur duyarım, ne isterseniz yaparım. Siz lütfen istirahat buyurun. Daha fazla yol kat etmenize gerek yok. Şu ağacın altında beni bekleyin."

Ustanın tarif ettiği yönde koşar adımlarla geldikleri yoldan geri gitti. Gerçekten de gürül gürül akan bir nehir vardı ormanın kıyısında. Hemen matarasını çıkardı, suya eğildi ama ne görsün?

Su bulanık, çamurlu...

Az önce geçen iki kağnı suyu iyice bulandırmışlar, dipteki çamur yüzeye çıkmıştı. Sararmış yapraklar suyun üzerinde yüzüyordu. Ustasına bu suyu götüremeyeceğini düşündü delikanlı. Yaşlı adamın bu sudan içmesine izin veremezdi. Hemen geri dönüp durumu açıkladı ustasına.

"Nehrin suyu bulanmıştı. Çamur içindeydi..." diye açıkladı. "O suyu içiremezdim size. Ama lütfen endişe etmeyin. Muhakkak başka bir su kaynağı bulacağım ben. Ancak bu kez dört fersah yol kat etmem gerekecek. Orada küçük ama temiz bir su kaynağı olmalı, hatırlıyorum. Ne kadar gecikecek olsam da beni beklemeye devam edin lütfen olur mu? Size tertemiz bir su getireceğim."

Beklenmedik bir çıkışla, "Hayır..." diye karşılık verdi usta. "Ben başka kaynağın suyunu değil o derenin suyunu istiyorum. Zamanını boş yere harcamışsın evlat. Bana o suyu getirmen gerekirdi."

Delikanlının beklediği karşılık bu değildi tabii. Şaşırmıştı.

"Ama..." dedi kekeleyerek. "Nasıl olacaktı o iş? Derenin suyu çamurluydu diyorum size. Üzerinde sararmış yapraklar yüzüyordu. Size o suyu nasıl getirebilirim ki?"

Usta kararlı bir tavırla, "O dereye git ve bana su getir evlat..." dedi son kez.

Delikanlının boynu kıldan ince...

Ustası ne isterse onu yapacaktı tabii ki. Gönülsüzce de olsa söyleneni yaptı ve derenin yolunu tuttu yine. Ancak orada gördükleri karşısında şaşkınlığa düştü. Bu da neydi böyle?

Delikanlı ustasının yanına gidip dönünceye kadar su tertemiz olmuş, yapraklar sürüklenip gitmiş, bulanıklık dibe çökmüştü. Birkaç minik çalı çırpı akıyordu aşağıya doğru.

Delikanlı ustanın ne demek istediğini anlamıştı nihayet. Yeterince beklemesi gerekiyordu sadece. Kalan çalı çırpı için geri dönmeyecekti tabii ki. Suyun kenarına oturup beklemeye başladı.

Suyu izledikçe anladı ki usta ona bir şey öğretmeye çalışıyordu aslında.

"Geri git ve böylece her şeyin nasıl değiştiğini gör evlat..." diyordu.

En başından beri derenin kıyısında bekleseydi bulanıklığın ve yaprakların nasıl da akıp gittiğini, suyun zamanla berraklaşmaya başladığını görecekti.

Delikanlı bir zaman daha bekledikten sonra temizlenen sudan matarasına doldurup ustasına götürdü hemen.

Ustası gülümseyerek, "Dersini aldın mı evlat?" diye sordu. Uzanıp matarayı aldı delikanlının elinden.

Delikanlı iki gözü iki çeşme ağlamaya başladı o an. "Aldım ustam aldım..." dedi. "Aslında her şeyi görmüştüm. Neler olduğunun farkındaydım. Kağnılar karşımdaydı. Geçip gittiklerini gördüm. Suyu bulandırdılar. Size söylemedim ama suyun temizlenmesi için uğraştım ustam. Suya ellerimi soktum, salladım olmadı. Yaprakları ittim, çamuru bastırdım yine olmadı.

Ben ne yaptıysam daha da bulandı... Buradan temiz su alamayacağıma karar verip geri döndüm yanınıza. Biliyorum ahmaklık ettim ve bunu size söyleyemedim. Bir an evvel size temiz bir su getirmek istiyordum. Suyun hemen temizlenmesi için yaptığım şeyler suyu daha da kirletti. Oysa oturup kenarda beklemem yeterliydi."

Onaylarcasına başını sallıyordu usta.

"Her şey kendi doğası içinde gerçekleşir..." evlat dedi. "Yapraklar akar gider, çamur dibe çöker. Tıpkı senin zihnin gibi."

Delikanlı yeni bir ders daha alıyordu. Anladıkça gözyaşları süzülüyordu yanaklarından.

"Çürümüş ve sararmış düşünceler benim geçmişimdir..." dedi delikanlı. "Şimdi daha iyi anlıyorum. Kurtulmaya çalıştığım düşüncelerim, tıpkı çamurun dibe çökmesini sağlamaya çalışırken yaptığım gibi baskıladıkça zihnimin daha da bulanmasına yol açtım. Zihnimin içine atlayıp bir şeylere müdahale etmeye çalışmam her şeyi daha da berbat bir hale getiriyordu. Sizin zihni susturmak dediğiniz şey tam olarak bu ustam... Bir kenarda dur ve bekle... Sadece izle... Su birazdan berraklaşacak. Bütün pislik kendiliğinden akıp gidecek. Çünkü zihin bir nehir gibidir. Bulanır ve durulur. Şimdi içimde daha güçlü bir ümit var ustam. Zihnim de nehir gibiyse eğer, ben onu izleyip beklemeye devam ederken bütün geçmiş düşüncelerim, kötü düşüncelerim ya akıp gidecek ya da dibe çökecek... Sadece oturup beklerken bile meğer ne çok şey yapabiliyormuş insan."

8. KURAL

HER OLAYI HAYIR BİL, HER GELENİ HIZIR BİL, HER GECEYİ KADİR BİL.

Sufi felsefesini bir söz ile özetle deseniz, bu sözü söylerdim sanırım. Bu sözün içindeki bilgeliği kendinde içselleştirebilen insan dünyada huzuru, dinginliği ve dengeyi yakalar. Her satırının içine özenle yerleştirilmiş derin felsefeyi tek tek açıklamak isterim.

Her Olayı Hayır Bil

Senin "kötü" diye tarif ettiğin her deneyim, bütünüyle hayrınadır aslında. Muhakkak farkına varman, görmen ve yönetmen gereken bir şey vardır o noktada. Çünkü ilerlemen, gelişmen, büyümen ve olgunlaşman buna bağlıdır. Şimdiye dek yaşadığın acıları kazandığın mutluluklardan daha çok seviyorsundur aslında. Bu acılar sayesinde bugünkü sen inşa olabildi.

Çoğumuz istediğimiz bir şey olmadı diye çok üzülmüş, yakınmışızdır. Ama sonrasında "İyi ki olmamış, Yaradan bizi korumuş!" demedik mi?

Mevlana bize bir kez daha hatırlatmadı mı?

"İstediğin bir şey olursa bir hayır, olmazsa bin hayır ara..."

Emekle ettiğin duaların gerçekleştiyse içinde elbette bir hayır vardır. Hepsinden önce gayretinin karşılığını görmüş olmanın tatminini ve mutluluğunu yaşarsın. Ancak olmadığında bil ki o işte görmeyi hak etmediğin sayısız felaket vardır ve Yaradan yine verdiğin onca emeklerine karşılık olarak seni bunlardan korumuştur.

Her Geleni Hızır Bil

Hızır kimdir?

Kuran-ı Kerim'de bahsi geçen Hz. Musa kıssasındaki veli zattır değil mi?

Akılla bilinemeyecek manevi ilimlere sahip bir kişidir. Hz. Musa da sahip olduğu o manevi ilimleri almak, öğrenmek ister ondan.

Peki Hızır'ı bu kadar özel kılan nedir, sence neden bir peygamber bile kendisinden ilim almak istemiştir?

İnanışa göre Hızır, sonsuz bir hayata sahiptir ve sonsuz hayata sahip oluşunun hikâyesi şöyle aktarılır:

Günlerden bir gün her zamanki gibi Allah'ı zikretmekle meşgul olduğu sırada Hızır'ın canını almak için yanına ölüm meleği Azrail gelir.

Hızır durumu anlayınca hüngür hüngür ağlamaya başlar.

Bir Allah dostunun ölüm karşısında gayet metin ve soğukkanlı olmasını bekleyen Azrail "Bu ne endişe, bu ne telaş ey Hızır?" der. "Sen ne kadar yufka yürekliymişsin böyle, nedir bu gözyaşları, ölümden mi korkuyorsun, yoksa dünyadan ayrılacağın için mi üzülüyorsun?"

"Hayır..." der Hızır. "Benim tek korkum, öldüğümde Allah'ı biraz daha fazla zikretmekten uzak kalacağımdır. Dünyadan ayrıldığımda, ben bu eşsiz zevkten mahrum düşeceğim. Halbuki kıyamete kadar Allah'ı anmayı diliyorum."

Bunun üzerine Yaradan, "Ey Azrail, Hızır'ın ruhunu alma. Bırak yaşasın. Çünkü o yaşamayı kendisi için değil, benim için, beni daha çok anmak için istiyor. Bırak da kıyamete kadar yeryüzünde beni ansın..." diye buyurur. Böylece yeryüzünde kıyamete kadar yaşamayı hak eden tek varlık olur Hızır.

Farklı kültürlerde de anlatılan hikâyelerde zorda kalan insanların karşısına Hızır çıkar ve onlara yardımcı olur. Kültürümüzdeki "Hızır gibi yetiştin!" deyişi de dilimize yine bu menkıbeden yerleşmiştir.

Ancak Hızır, ihtiyacı olanın karşısına çoğunlukla en beklenmedik şekilde, en beklenmedik kılıklarda çıkar. İşte bu yüzden insanlar, kıyamete dek yeryüzünde yaşayacak olan o insanı hiçbir zaman tanıyamazlar.

Çoğumuz bize yol gösterecek kişiyi ak sakallı dedeler olarak tahayyül ediyoruz değil mi?

Bir dede gelsin ve öğrettikleriyle yaşamımızın yönünü değiştirsin, bize ilham versin, güç kazandırsın, önümüzü açsın...

Kimse küçük bir çocuğun bunu başarmasını beklemiyor mesela ya da bir kâğıt toplayıcısının, bir dilencinin, bir meczubun... Gözümüz hep ak sakallı dedelerde, profesörlerde, büyük hocalarda, öğretmenlerde, dervişlerde, filozoflarda...

Hızır en beklenmedik şekilde çıkar oysa insanların karşısına. En ummadığın deneyimlerde, en ummadığın karşılaşmalarda ihtiyacın olan çareyle karşılaşırsın aslında. Tam da bunu hatırlatır işte Mevlana da. "Karşına çıkan her insanı Hızır bil" der. Bu karşılaşmanın ne zaman ve ne şekilde olacağını sen tahayyül edemezsin. O yüzden karşına çıkan her insanı önemse, yüzüne bak, ona kulak ver, dinle... Ne kaybedersin ki? Belki Hızır bu kez senin için gelmiştir.

Sufiler, bu konuyla ilgili olarak İbnü'l Arabi'nin hikâyesinden söz ederler.

İbnü'l Arabi hayatını değiştirecek bir bilge arıyordur. Öyle bir bilge olmalıydı ki o ve öyle bir söz söylemeliydi ki hayatı bir anda değişmeliydi. Hayatını değiştirecek kişinin bir âlim ya da evliya olacağını düşünüyordu. Bu nedenle yıllarca değerli hocaları bulmak için çaba sarf etti. Ancak gel gör ki onun hayatını bir eşkıya değiştirdi.

Yine bir arayış yolculuğunda kervanla bir yerden bir yere seyahat ediyorlardı. Kervanın yol kurallarına göre sadece bir deve yükü kadar eşya alabiliyorlardı yanlarına.

Kervanın başı "Yalnızca en değerli eşyalarınızı alın..." demişti.

İbnül Arabi de düşünmüş taşınmış ve en değerli eşyasının kitapları olduğuna karar verip bunları almıştı yanına. Yolda ilerledikleri sırada bir gün eşkıyalar yolu kestiler. Herkesin değerli eşyalarını bir bir toplamaya başladılar.

Bu sırada eşkıyaların başı İbnü'l-Arabi'ye yaklaşıp sordu:

"Acaba senin devende ne yüklü?"

"Kitaplarım..." diye cevap verdi İbnü'l-Arabi.

"Neden başka bir şey almadın yanına?" diye sordu eşkıya.

"Çünkü benim en değerli eşyalarım kitaplarım."

Bu karşılık üzerine eşkıya bir İbnü'l-Arabi'ye baktı, bir de deveye...

"Şunun kitaplarını toplayıp yakın!" diye emir verdi yanındakilere.

İbnü'l-Arabi endişelendi, çok üzüldü. Bunun olmasına izin vermek istemedi, karşı çıktı fakat eşkıya dönüp aynen şöyle dedi:

"Eğer bu kitaplar senin için o kadar değerli olsaydı devenin üstünde değil kafanın içinde olurlardı."

İbnü'l-Arabi hayatının en önemli dersini orada aldığını anlatır. Yani bir evliya tarafından hayatının değişmesini beklerken bir eşkıya ömrü boyunca unutamayacağı bir ders verip gider.

Karşımıza çıkan kimse bir tesadüf sonucu yolumuzu kesmez. Hayatımızı değiştirecek bir dersi vardır heybesinde. Bunun ne zaman ne şekilde olacağını kestirmemiz mümkün değil. Çünkü hayat tahmin edilemez bir süreçtir.

Her Geceyi Kadir Bil

Kadir Gecesi İslamiyet'in kutsal kabul ettiği gecelerden biri... Çünkü o gece Hz. Muhammed'e Kuran-ı Kerim indirilmeye başlanmıştır. Genellikle Ramazan ayının 27'nci gecesi olduğu kabul edilir ve "Bin aydan daha hayırlıdır..." diye tarif edilir.

Kadir Gecesi'nde Yaradan, Hz. Muhammed'e ilk vahyi indirmiştir.

Mevlana'nın bu özel geceye işaret etmesinin sebebi de, aslında her gecenin ilahi düzenle temas içinde ve akış halinde olduğunu hatırlatmak istemesidir. Her gece kutsaldır çünkü her gece ve her an Yaradan seninle konuşur. Seni duyar, seni görür, seni bilir ve her an gönlüne bir şeyler fısıldar. İş ki sen duymasını bil...

Başına gelenin hayrını bil, karşına çıkanın değerini bil ve bu başını yastığa koyduğun her gecenin kıymetini bil. Göreceksin ki kâinat aslında hep senden yana... Hiç küsmemiş, hiç darılmamış sana ve hiç cezalandırmamış seni... Sadece anlamanı, farkına varmanı, görmeni ve işitmeni beklemiş.

9. KURAL

KURU DUAYI BIRAK, AĞAÇ İSTEYEN TOHUM EKER.

Dua, istemektir kuşkusuz. Bir şeyi oldurmak ya da var etmek arzudur. Her insanın mutlaka bir yaşam amacı olmalıdır. Aksi halde neden burada bu dünyada olduğumuzu anlamlandıramayız kendi içimizde. Yaşamı anlamlı ve değerli kılan, amaçlarımızdır. Olmasını arzuladığımız isteklerimiz vardır. Bu yüzden dua kıymetli ve anlamlıdır. Koca bir ömrü tarif edebilecek, şekillendirebilecek güçtedir.

Ne var ki insanoğlunun en büyük hatalarından biri kuru duadır. Kupkuru istekler, kupkuru arzular, amaçlar...

Plastik çiçeklerin boy atmasını beklemek, sahte ağaçlardan meyveler dökülmesini ummaktan başka bir şey değildir kuru dualar, kupkuru istekler.

Gerçekten boy atan çiçekler isteyen insan, tohum eker, sular, besler, büyütür. Çürümesini de göze alır, yeniden ekmeyi de. Gerçekten dallarından meyveler dökülen ağaçlara sahip olmak isteyenler toprağa koşarlar, kazırlar, fidanlar dikerler ve o fidanların hangi koşullarda nasıl bir emekle yetişeceğini öğrenmenin bir yolunu bulurlar, öğrendikleri her şeyi sabırla ve inançla uygularlar. Hata yapmayı, becerememeyi, sonra yeniden denemeyi göze alırlar.

Hayat tam da böylesi bir emekle değerlenir zaten...

Dua emektir. Dua öğrenmektir. Dua uygulamaktır. Dua yeniden denemektir. Dua vazgeçmemektir.

İstemek kelimesine biraz daha yakından bak lütfen. Sırrını içinde taşıdığını göreceksin.

İstemek = İstem + Emek

Mevlana işte bu yüzden emeksiz dualara, "kuru dua" diyor.

Plastikten çiçekler, plastikten ağaçlar...

Çocukluğumdan beri yazar olmak istediğimi anlatırım her fırsatta. Ancak bunun nasıl olabileceğini bilmezdim küçükken. İşe nereden başlanır, nasıl eğitim alınır, nereden ne talep edilir bilemezdim. O devirde sosyal medya da yok tabii, işim biraz daha zordu. Yazar olmak istiyordum ama nereden ve nasıl harekete geçeceğimden emin değildim. Hangi adımları atmalıydım, bilmiyordum. Sonra kendimce bir karar verdim. Her boş zamanımda kütüphaneye gidecektim. Hem bolca kitap okuma imkânı bulabilirdim hem de yazar olmakla ilgili birtakım bilgilere ulaşma şansı doğabilirdi.

Sahiden de her fırsatta, her boş vaktimde koşarak kütüphaneye gittim. Bir sürü kitap okudum. Satın alamadığım klasiklerle orada tanıştım. Hayranlık duyduğum, kendime örnek aldığım yazarlar keşfettim. Sonra bir defasında kütüphanede etrafı kalabalık birine rastladım. Dikkatimi çekti. Neden herkes onun etrafında toplanıyordu ki?

Merakıma yenik düşüp ben de gittim yanına. Meğer bir dramaturgmuş o kişi, yani bir tiyatro oyunu yazmanın ve sahneye uygulamanın bütün kurallarını bilen kişi. Eğer bir oyun yazılacaksa ve sahnelenecekse bu kişinin bilgilerine başvurulur, onun editörlüğünde yol alınır.

Çok ilgimi çekmişti mesleği. Ben de katılımcıların arasına katıldım sessiz sedasız. Birlikte çalıştıkları özel bir grupmuş bu, aralarına yeni kişileri almıyorlarmış, benim bu çalışmaya katılamayacağımı ifade ettiler kibarca. Allem ettim kallem ettim ikna etmeyi başardım. Böylece ilk yazarlık ve dramaturgi eğitimimi almaya başladım.

Bundan sonra nasıl bir yol izlemem gerektiğiyle ilgili önemli bilgilere de ulaşmıştım. Başlangıçta çok çaresizdim evet... Neden işe koyulmak lazım geldiğini bilemiyordum ama biraz çabayla yola düştükten sonra karşıma bir şeylerin çıkacağından emindim içsel olarak. Çünkü hep Yaradan'ın çabayı ödüllendireceği inancındaydım. Kuru dualarla evimde oturup tepeme dramaturg düşmesini bekleyemezdim. Yazarlık yolunda karşıma çıkabilecek fırsatları görmek için yola düşmeliydim, emek harcamalıydım.

Sufiler bu çabaya "duayı fiiliye" derler. Yani eylem halinde/hareket halinde yapılan dua...

Mesela tarla sahibi iki adam düşünelim... İkisi de toprağını ekmiş. Sonra biri başlamış dua etmeye:

"Allahım ne olur ekinlerim verimli olsun."

Diğer tarla sahibi de aynı duayı ediyor ama aynı zamanda toprağının da ekininin de bakımıyla ilgileniyor.

Sence kim gerçekten tarlasından verimli ekinler almak istiyordur?

İkinci adam değil mi?

Dua eden ve emek veren çiftçi...

Şunu hiç unutma olur mu?

Yaradan her emeği, her gayreti ödüllendirir.

O yüzden "Yolun sonunun nereye varacağını düşünme, sen yeter ki yola çık..." der Şems. Çünkü sen yola çıktığında artık isteklerin kuru dualar değildir, Yaratan'a fiili dua etmeye başlamışsındır. Şems sonra şöyle devam eder anlatmaya: "Sen sadece atacağın ilk adımı düşünmekle yükümlüsün, gerisi kendiliğinden gelir."

Biliyorum, aslında hepimiz bir yerden başlamak, bir şekilde yola koyulmuş olmak istiyoruz ama ah şu garanticiliğimiz, ah şu mükemmeliyetçiliğimiz değil mi?

Hep alıkoyuyor bizi ilk adımı atmaktan.

"Hep daha iyi olduğumuzda ve mümkünse yolun sonunun nereye varacağı iyi kötü gözümüze görünmeye başladığında yola çıkalım..." diye düşünüyoruz. Ama bilmiyoruz ki o daha iyiyi ancak yolda öğrenebiliriz. Sonunu aradığımız yola ulaşmak için hangi yoldan geçeceğimize yine yola çıktıktan sonra karar veririz.

Yol boyunca hata yapmamak için geciktiriyoruz yolculuğumuzu ama hatalar öğretmenlerimizdir ya bizim, aslında ne vakit ne yöne gitmemiz gerektiğini fısıldayacaklar ya kulağımıza, işte bu mükemmeliyet kaygısı yüzünden karşımıza çıkacak en kıymetli öğretmenlerin de önünü kesiyoruz. Öğrenmek, hatalarla gerçekleşebilen bir deneyim değil mi?

Yürümeyi öğrenmek için defalarca düşüp kalkıyorsun. Konuşmayı öğrenmek için binlerce kez anlamsız sesler çıkarıyorsun. Sevmeyi öğrenmek için binlerce kez kırılıyorsun. Kazanmak için binlerce kez kaybediyorsun. Seni mükemmele götürecek olan süreç zaten hatalarla dolu olduğu için güzel değil mi?

Bütün bunları unutuyoruz işte... Çünkü canımızın yanmasına tahammülümüz yok... Çünkü acıya ve kaybetmeye karşı bağışıklığımız düşük. Çünkü çoğumuz el bebek gül bebek, acısız büyütüldük.

Kır bu kısırdöngüyü yol arkadaşım.

Mükemmeliyet ve garanticilik en büyük tuzak...

Başlamak için mükemmel olmak zorunda değilsin ama mükemmel olmak için başlamak zorundasın.

10. KURAL

DÜNE AİT NE VARSA DÜNDE KALDI CANCAĞIZIM. BUGÜN YENİ ŞEYLER SÖYLEMEK LAZIM.

Yeniyi sever insan... Çünkü tazedir, canlıdır ve ümitlidir. Ancak buna rağmen ürkütücüdür de... Çünkü belirsizdir ve risklerle doludur.

Eskiyle yeni arasında heyecanı hiç düşmeyen bir çekişme içinde yaşar gider insan. Yeniden hem korkarız hem delice arzularız. Eskiden hem kaçarız hem sığınırız ona çünkü tanıdıktır, bildiktir, güvenli sayılır. "Eski köye yeni âdet getirme!" deriz, yeninin bilinmezliğinden çekindiğimiz için. Eskinin düşmanlığı bile tanıdıktır, en azından ne yapacağımızı biliriz. Yeni öyle mi?

Değil tabii...

İyi de olabilir kötü de... Kolay da olabilir güç de... Mutlu da edebilir perişan da...

Düşünsene belki on yıldır aynı işyerinde çalışıyorsun. Patronunla aranızda öyle büyük bir sıkıntı da yok, her şey gayet yolunda akıp gidiyor bir şekilde. İşinin zorluklarına da alışmışsın, avantajlarına da. Geceleri uykunu kaçıran hiçbir şey yok...

Fakat bir gün haber geliyor ki patron satmış şirketi başkasına. Yeni patron personeli de devralmış, kimseyi çıkarmıyor işten. Sistem nasıl geldiyse öyle devam etsin istiyor.

Ama senin için durum hiç de eskisi gibi değil artık. Al sana bilinmezliklerle dolu yepyeni bir süreç, yepyeni bir deneyim sahası...

Aklın karışıyor, duyguların allak bullak, bundan sonra neler olabileceğini öngöremiyorsun, yarın yine birtakım kararlar alınabilir, belki bütün hayatının düzeni değişebilir bu kez.

Ne gece uykusu kaldı artık ne ağzının tadı. Bir anda hepsi uçup gitti. Her şey fazlasıyla belirsiz, geleceği öngörmen mümkün değil, yarın ne olacağına baktığında manzara flu ve bu yüzden her şey çok korkutucu...

Belki iş hayatın hiç olmadığı kadar iyi geçecek bundan sonra, kariyerinde zirvelere tırmanma fırsatı bulacaksın, hiç kazanmadığın kadar iyi kazacaksın, kendini yeni patronunla çalışırken daha değerli ve daha başarılı hissedeceksin ama: *"Ya öyle değilse!"*

Bilinmezlikler ne kadar büyük heyecanlarla, merak unsuruyla, tazelikle, canlılıkla doluysa bir o kadar da kötü ihtimalle doludur.

Yeni, hiç tanımadığındır, bilmediğindir, deneyimlemediğindir. İnsan bilmediği şeyden korkar. Bilmediği yemeği yemekten bile çekinir. Bilmediği denize giremez. Bilmediği yoldan gidemez. Bilmediği insanla yola çıkamaz. Bilmediği mağazadan alışveriş yapamaz. Hatta bilmediği yazarların kitaplarını okumaktan, bilmediği yönetmenlerin/oyuncuların yapımlarını izlemekten bile çekinir biliyor musun? Çünkü günün sonunda zaman ve para kaybetme ihtimali vardır. Bu yüzden kitap okumak, film ya da dizi izlemek için bile referanslara, onaylara, önerilere ihtiyaç duyar.

"Sence nasıl bu kitap, okuyayım mı?"

"İyi bir dizi mi, sence izlemeye değer mi?"

"Bu filme gitmeli miyim sence, boşuna bütün günümü sinemada harcamayayım?"

"O markanın ürünlerinden memnun musun, ben de bir şeyler alsam mı acaba?"

"Çok beğendiğim şeyler oldu ama markayı hiç bilmediğim için alışveriş yapmadım, korktum."

"Keyifli bir partiye davet edildim ama tanımadığım insanlarla dolu diye çekindim, gitmedim."

"Tatile çıkmayı çok istedim ama hakkında hiçbir şey bilmediğim bir ülke olduğu için seyahat etmekten korkup iptal ettim."

"Muhteşem bir iş teklifiydi ama on yıldır bu şirketteyim, artık avucumun içi gibi biliyorum. Orada yetersiz kalmaktan korktum, kabul etmedim."

Farkında mısın?

Bilinmezliklere karşı aldığımız önlemlerle, yeni olana karşı duyduğumuz tedirginlikle eskiye daha bağımlı ve daha sadık bir hale geldik. Eskinin köleliğini güvenli ve konforlu bulduk.

Şu dağın ardında gürül gürül çağlayanlar varmış.

Ne belli? Bizim burada suyu çamurlu da olsa bir deremiz var işte.

Daha güzel, daha bereketli bir dünya mümkünmüş.

Garantisi mi var? Bizim bir ayağı topal dünyamız neyimize yetmiyor, şükredelim.

Daha iyisini elde edebilirsin.

Kim demiş? Ya daha iyisi zaten elimdekiyse?

Kendini özgür sanıyorsun ama zihninin koskoca gezegeni bile nefes alamadığın, bir adım bile atamadığın kocaman bir hapishaneye nasıl çevirdiğini görüyor musun?

İşe giderken bile yolunu değiştirmeye cesaretin yok ama özgürsün öyle mi?

Sektör değiştirip sevdiğin alanda çalışmaya cesaretin yok ama gelecekten umutlusun öyle mi?

Değersiz hissettiğin ilişkini sonlandırmaya cesaretin yok ama mutluluğu hak ettiğine inancın tam öyle mi?

Bu durumda kaliteli bir hayattan söz edebilir miyiz?

Hayır.

Yaşıyor olmaktan söz edebilir miyiz?

Hayır.

Özgürlükler?

Hayır.

Emek?

Hayır.

Sevgi?

Hayır.

Burada sadece sürünceme vardır. Nefes alabiliyor olmakla avunup durmak vardır.

İnsan bu noktada durduğu sürece nefes alıyor oluşunun bile hiçbir anlamı olmadığı düşüncesine kapılır bir süre sonra. Anlamsız olan her şeyi anlamlandırma çabasına düştüğündeyse girdap büyür.

Saçının renginde anlam arar, giydiği kıyafette anlam arar, çektiği günlük sıkıntılarda anlam arar, sosyal medya beğenilerinde anlam arar, filtreli fotoğraflarında anlam arar, izlediği magazinlerde anlam arar, okuyamadığı kitaplarda anlam arar, içine sinmeyen ilişkisinde anlam arar, sevemediği hayat düzeninde anlam arar ve bulamaz.

Çünkü anlam hiçbirinin içinde değil...

Anlamlı olan yoldur. Bilmek, öğrenmek, gelişmek, keşfetmek ve hep yürümek...

Yürümek, yeni yollar, yeni hayatlar, yeni hikâyeler, yeni zorluklar, yeni mücadeleler, yeni deneyimlerdir.

Koşu bandının üzerinde terlemek, yol kat etmek değildir, zihni maniple etmektir sadece. Kendini kandırma. Yerinde sayıp durduğun halde hayatın akıp gittiğinden dem vurma. Aynı yerde devinip terletiyorsun kendini. Bir adım bile ilerlemediğin halde lüzumsuz bir yorgunluk ve bıkkınlık içindesin.

Hayatına bir bak, etrafını bir izle... Manzara yıllardır hep aynıysa, koşu bandından hiç inmemişsindir bile.

Yabancılardan neden korkarız?

Çünkü onlar da bilmediğimizdir. İçinden ne çıkacağı öngörülemez olandır. Birkaç adım geri dururuz ya da hiç şans vermeyiz yabancılara değil mi?

Bilmediğimiz köpeklerin başını dahi okşamayız.

Oysa tanıdık ve bildik olandan yeni hiçbir şey doğmaz. Ne yeni bir deneyim, ne yeni bir bilgi, ne yeni bir adım...

Kapını sadece tanıdıklarına açarsan kendini tekrarlayıp durursun ki emin ol insan en çok ve en çabuk kendinden sıkılıyor. Çünkü içsel yapın gereği bir insan olarak her zaman gelişmeyi, yenilenmeyi, büyümeyi, keşfetmeyi arzularsın. Ancak zihnin içsel yapınla çatışır. Bir yanın keşiflere açılarak büyümek isterken, diğer yanın bunun riskleriyle ilgili örüntüler kurar sana. Zihnin, seni korkularla çevirip dar alanda güvenli tutmak konusunda en iyi şekilde eğitilmiş bir hayvan gibidir adeta.

Zihin, örüntülerle çalışan bir mekanizma.

Nasıl mı?

Zihnin ilk görevi seni hayatta tutmaktır.

Tehlike sezdiğinde aktif kullandığın bütün duyularını devre dışı bırakıp adrenalini yükselterek bir an evvel oradan kaçabilmeye programlar seni. Pitbull'dan kaçarken kredi kartı taksitlerini düşünmezsin. Zihnin buna izin vermez. Çünkü önce kendini kurtarmalı ve hayatta kalmalısın.

Pitbull'ların tehlikeli olduğu verisini bir kez kaydettiğinde bundan sonra alacağın her kararda önüne bu bilgiyi tarayıp koyar.

"O sokaktan geçme, tehlikeli köpekler var."

"Pitbull gördüğünde yolunu değiştir."

Zihnin örüntülerle çalışıyor olmasında hiç sakınca yokmuş gibi görünüyor değil mi? Zaten zihnin bu örüntü kabiliyeti sayesinde hayatta kalmayı başarabiliyoruz.

Zihin vahşi hayvanların öldürücü olabileceği verisini kaydettiği andan itibaren her fırsatta bu bilgiyi kullanıyor.

Araç lastiklerinin yağışlı havalarda ani frenle ya da yüksek hızla kayıp kazaya neden olabildiği bilgisini kaydettiği andan itibaren bu bilgiyi kullanmaya başlıyor. Örüntülerle bu bilgiyi önüne sunuyor. İzlediğin haberleri çıkarıyor karşına, duyduğun acı hikâyeleri hatırlatıyor.

Ancak unutma ki örüntü mekanizması aldığı her veriyle ilgili çalışmaya devam ediyor. Ve bu çok kuvvetli bir manipülasyon...

Erkeklerin aldattığı bilgisini işletim sisteminden geçirip çıkarıyor karşına, kadınların güvenilmez olduğu, evde hayvan beslemenin zor olduğu, iş değiştirmenin sıkıntılı olduğu, hayalperestliğin tehlikeli olduğu, yabancıların katil olduğu... Bunlar gibi milyonlarca örüntüden söz edebiliriz.

Farkındalıkla bu bilgilerin üzerinden geçilmediğinde ne yazık ki hepsi bir süre sonra zihin hapishanesine dönüşür. Eskiye sıkıca tutunarak geliştirilen bağımlılık, giderek kölelik halini alır.

Değil iş değiştirmek ya da bir ilişkiyi sonlandırmak, korkudan ve güvensizlikten semt değiştirmeye bile cesaret edemez hale gelir insan.

Kabul!

Bilindik olan her zaman güvenlidir. Cehennem bile olsa hangi ateşin içinde olduğunu bilir insan ve buna göre bir dayanma biçimi geliştirir. Tanıdık ve bilindik olan her şey her zaman geniş bir konfor sağlar. İşinden şikâyetçisindir ama neyi nasıl idare edeceğini bilirsin. İlişkinden şikâyetçisindir ama alışkın olduğun düzeni koruyor olmanın bir güveni vardır ya da yalnızlıktan şikâyetçisindir ama en azından sevgili kahrı çekmiyorsundur. Oturduğun apartmandan şikâyetçisindir ama karşı komşuna anahtar bırakabiliyorsundur. Çok trafik vardır, iki saatine mal oluyordur yol ama boş koltuk buluyorsundur otobüste...

Hepsi bu kadardır ama!

Konfordan anladığın buysa, bildik ve alışıldık olanın sana sağlayabileceği en yüksek konfor şekli budur. Koşu bandının üzerinde terlemeye devam ederek risksiz ama mutsuz bir yaşam sürmeye devam edersin. Ne bir adım ileri gitmişsindir hayatın boyunca ne bir parça gelişmiştir vizyonun.

"Olsun, en azından güvendeyim..." tesellisiyle avunmaya çalışırsın. Güvende ve mutsuz...

Bu da bir tercihtir tabii...

Alışkın olduğun ıstırabı hiç tanımadığın bir mutluluğa tercih edebilirsin.

Doğru yanlışı yoktur seçimlerin, sadece sonuçları vardır. Ben sonuçlardan söz ediyorum.

Hayatını izleyici olarak yaşayanlar, güvenli alanlarını terk etmeyenlerdir biliyor musun?

Başkalarının hikâyelerini izler onlar...

Başkalarının başarılarına, başkalarının mutluluklarına, cesaretlerine, maceralarına, yeteneklerine, ilişkilerine, hayatlarına, üretimlerine, girişimlerine bakarlar sosyal medyadan ya da televizyonlardan.

Kendileri bir hikâye yazmaya cesaret edemedikleri için kendi hikâyelerinin kahramanı olanları kızgınlıkla (*aslında gizli bir hayranlıkla*) izlerler.

Kahramanların herkesi büyüleyen o eşsiz zaferleri büyük risklerle, mücadeleyle, kanla, gözyaşıyla, kayıplarla, yıkımlarla, yeni çareler aramakla, bulmakla, umutla, inançla ve hiç vazgeçmeme kararlılığıyla doludur.

Dünyanın en yaralı ama en mutlu insanlarıdır onlar.

Biz de hayranlıkla bakarız onlara. Mutlulukları kıskandırır ama yaraları ürkütür. Bu yüzden sınırlarımızın içinde, kendi cehennemimizin bildiğimiz ateşinde yanıp kavrulmaya razı oluruz.

Korunaklı bir sarayda hiç hapşırmadan, ağlatılmadan, pahalı oyuncaklarla güven içinde büyütülen bir çocuk, dünyanın en mutlu ve en sağlıklı çocuğu değildir. Sokaklarda arkadaşlarıyla neşe içinde koştururken yere kapaklanıp dizlerini kanatan, ağlayan, yarasını bantlayıp koşmaya devam eden, ağaca tırmanıp meyve toplayan, ağaçtan düşüp bacağını kıran, günlerce hasta yatağında gözyaşı döken, bilyeleri çalınan, yeni bilyeler kazanan, bisikleti kırıldığı için okula yürüyerek giden, yeni bir bisiklet hayaliyle ders çalışan, kışın burnu akan, annesinin elinden sıcak çorba içen, hastalandığı için günlerce okula gidemeyen, iyileşmenin tadını teneffüste koşturarak çıkaran, yine düşen, yine yaralanan, yine ağlayan ve yine yere kapaklanan çocuktur dünyanın en mutlu çocuğu...

Hikâyeyi buradan anlatınca çok romantik geliyor farkındayım. Sokaktaki çocuğun, hiç hastalanmadan yaşayan çocuktan çok da güvenli bir hayatı olduğunu görmek de hiç zor değil. Güven sandığın yer aslında çok daha risk oluşturuyor olabilir. Hayat dinamik bir süreçtir, stabil değil... Her an risk doludur ve her an sonsuz güvenlidir. Dolayısıyla risk de güven de sürekli yer değiştirir. Bildiğin cehennem bilmediğin cehennemden daha güvenli olmayabilir yani...

Mutluluktan söz edeceksek, cesaretten de söz etmemiz gerek. Mutsuzluk hiçbir şey yapmamakla ve cesaretli insanların hikâyelerini izlemek zorunda kalmakla ilgilidir maalesef.

> *"Bütün iyi hikâyeler iki şekilde başlar. Ya biri bir yola çıkar ya da şehre bir yabancı gelir."*
>
> – Tolstoy

Yeni olandan korkma!

Eskiyi çok da güvenli sanma!

Unutma iyi bir hikâye bir yabancının şehre gelmesiyle ya da birinin yola çıkmaya cesaret göstermesiyle başlar.

Elbette hiçbir şeyin garantisi yok.

Güzel olan bu değil mi zaten?

Sonunda zafer mi var, hüzün mü, pişmanlık mı var mücadele mi? Belli değil...

Ama şu bellidir ki bilinmeyene cesaret etmek her zaman kazançtır. Kaybettiklerin de kazanca dönüşür bu yolda pişmanlıkların da...

Bilinmeze korkuyla değil, merakla ve heyecanla bak. Her şeye gebedir çünkü. Her ihtimal mümkündür. Bütün ihtimaller dahilinde kabul et bilinmezi. Çünkü eski olan hiçbir şey seni geliştirmiyor. Hayatın izleyicisi olmaktan fazlası değilsin. Oyunu oynuyor olmak izliyor olmaktan her zaman daha eğlenceli ve daha geliştiricidir. Sahada olmak çok daha riskli bile olsa emin ol izleyici olmaktan daha tatmin edicidir.

Cesur ol.

Yeniye de bir fırsat ver.

Cesaret, hiç korkmamak demek değil. Korkularına rağmen bilinçli şekilde eyleme geçebilmektir. Cesaretin olmadığı yerde esaret vardır.

Sen özgürlüğü seç.

11. KURAL

KÜSMEK VE DARILMAK İÇİN BAHANELER ARAMAK YERİNE SEVMEK VE SEVİLMEK İÇİN ÇARELER ARAYIN.

Pek çok literatürde karşımıza çıkar "içindeki çocuk" ifadesi...

Çok duymuşsundur eminim. "İçindeki çocukla barış, içindeki çocukla iletişim kur, içindeki çocuğun elini tut, içindeki çocuğu mutlu et..."

İçimizdeki çocuğun aslında büyümeyen yanımız olduğuna işaret edilir çoğunlukla. Çocukluk travmalarıyla oturan, sevilmeyi bekleyen, özür bekleyen çocukluğumuzla yüzleşmeye davet ediliriz hep. Saygı da duyuyorum bu yaklaşıma, eleştirilecek hiçbir yanı yok.

Ben de "içindeki çocuk" kavramını çok önemserim ama dönüp yaralarını deşmek yerine onu şimdi nasıl mutlu edebileceğime bakarım çoğunlukla. Çünkü o büyümeyen ve büyümemekte ısrar eden yanımız travmalarımız, küskünlüklerimiz, hesaplaşma arzumuz, adalet arama şevkimizmiş gibi gelmez bana... Tam tersi... O hiç değişmeyen güç, sevginin tam da kendisi gibi gelir bana. İçimizdeki çocuk dediğimiz şey bir türlü değişmeyen ve hiç değişmeyecek olan sonsuz sevgimizdir.

İçimizdeki sevgi hep olduğu haliyle kalmak istiyor. Ciddileşmek, ezilmek, unutulmak, ertelenmek, ötelenmek, hesap kitap malzemesi olmak istemiyor.

Doğduğumuz günden beri içimizde her nasıl duruyorsa hep öyle kalmaya devam etmek istiyor. Sevginin, daima saf sevgi ve yaşam coşkusu olarak kalmayı tercih etmesini bugünlerde içimizdeki çocuk ifadesiyle tarif ediyoruz ki bence sakıncası yok.

İçindeki çocuk, saf sevgidir, coşkudur. Hiç değişmeyecek, çatık kaşlı bir yetişkine dönüşmemek için daima direnecektir kalbinin bir köşesinde.

Sevgi ve coşku; sen çatık kaşlı bir yetişkine dönüşsen de hep aynı kalır, değişmez. Sen ciddi yaşam gaileleri olan, kaygılı, endişeli, sorumluluk sahibi, ağır bir yetişkin olarak devam etsen de hayatına o saf sevgi ve coşku, kalbine yerleştirildiği ilk günkü kadar taze ve genç kalacaktır. Bu yüzden o hiç değişmeyen saf sevginin ve coşkunun adı "çocuk" olmuştur.

Sendeki çocuktan başkalarında da olduğunu her hatırladığında dünyan bir lunaparka dönüşecek emin ol. Sevginin ve coşkunun içinde travmalar aramıyorum ben. Geçmişimle yüzleşmek için içimdeki çocuğun canına okumayı tercih etmiyorum. İçimdeki sevginin ve coşkunun zaten sağlıklı olduğunu biliyorum. Bendeki bu sağlıklı çocuktan sende de bir tane olduğunu hatırlayınca ikimiz için bir hikâye anlatmak geliyor mesela içimden.

Dinle bak:

Mert, avucunu açarak ona uzatan adama ters ters baktı. Elli yaşında vardı adam. Üstelik dilenciye de benzemiyordu. Belki biraz özensiz ve kirliydi kıyafetleri ama sağlığı yerinde gibi görünüyordu adamın.

"Benden daha sağlam görünüyor, gidip çalışacağına dileniyor..." diye düşündü Mert. "Ekmek parası mı istiyorsun?" diye sordu öfkeli bir sesle.

"Hayır..." dedi adam kendinden emin bir tavırla. "Çikolata parası lazım."

Mert'in sinirleri bozulmuştu. Gülmeye başladı kendi kendine. Adamın dalga geçtiğini düşünüp kendi de alaycı bir cevap verdi.

"Ekmek bulamadığınızda çikolata mı yiyorsunuz?"

"Hayır..." dedi adam aynı ciddi tavrıyla. "Ekmek bulamadığımız günler bulgur pilavı yeriz. Onu da bulamazsak aç yatarız."

Ciddi miydi söylediklerinde aklınca dalga mı geçiyordu anlayamadı Mert. "Bu bir kamera şakası mı?" diye düşündü. "Yani bugün karnınız doydu, üzerine de tatlı mı yemek istedi canınız?" dedi.

"Bugün karımın doğum günü. Ona çikolata götürmek istiyorum. Her doğum gününde mutlaka çikolata alırım da."

O an kendi karısı gelmişti Mert'in aklına. Kavga etmişler, o da kapıyı vurup çıkmıştı.

"Borç isteyecek bir tanıdığın, akraban filan yok mu senin? Neden tanımadığın insanların yolunu kesiyorsun böyle?"

"Fakir insanın akrabaları da fakir oluyor. Para bulduklarında önce kendi karınlarını doyuruyorlar."

"Böyle dilenecek kadar çok mu seviyorsun karını?"

"Otuz yılımın ışığıdır o... Hayatımı aydınlattı benim. Geçen yıllar sevgimi azaltmadığı gibi daha da artırdı."

Şaşkındı Mert. Ne tuhaf adamdı bu böyle. Bırakıp gidemiyordu da bir türlü. Dayanamayıp "İyi o zaman..." dedi. "Mutlu evliliğin sırrını biliyorsundur sen. Sevdiğim kadınla evlendim ama mutlu değiliz biz. Sürekli kavga ediyoruz. Evimiz, arabamız, her şeyimiz var üstelik. Senin hiçbir şeyin yok ama mutlusun."

"Hiçbir şeyim yok mu?" diye çıkıştı adam. Sinirlenmişti galiba. "Benim her şeyim var. Karım benim her şeyimdir. Sevgilim, eşim, arkadaşım, yoldaşım. Sizin ev, araba dediğiniz şeyler aslında hiçbir şey. Altın tasın, kan kusana faydası yoktur. Sen kadın ruhunu hiç anlamamışsın. Bir kadın kocasının her şeyi olduğunu bildiğinde mutludur. Ben karıma değerli hiçbir şey alamıyorum ama, ona benim için ne kadar değerli olduğunu hissettiriyorum."

Mert afallamıştı iyice.

"Bir kadına değerli olduğu nasıl hissettirilir ki?" diye sordu.

"Her kadının içinde küçük kız çocuğu vardır. O küçük kızı ne kadar çok sever ve ne kadar çok mutlu edersen, kadın o kadar mutlu olur."

"Nasıl yani?"

"Küçük kızlar neden hoşlanır bir düşünün. Beğenilmek, ilgi görmek isterler, güzel olduklarını duymaya bayılırlar, prenses olmayı hayal ederler. Sürprizlerden hoşlanırlar. Şımartılmayı arzu ederler, iltifat beklerler. Ben 50 yaşındaki karıma küçük bir kızmış gibi davranıyorum. Ona bebeğim diye hitap ediyorum."

Mert'in aklı karışmıştı sanki. "Benim karım çok ciddidir..." dedi. "Küçük bir kız çocuğu havası yoktur onda."

"Hah!" dedi adam. "Sen öyle san... Küçük kızlar büyüdükleri zaman sevgi ve ilgi istemeye utanırlar ama beklerler. O küçük kızı mutlu ettiğinde karşılığını fazlasıyla alırsın. Zaten karısı mutlu olmayan erkek huzuru ve saadeti bulamaz. Düşünsene somurtkan, sürekli söylenen biriyle yolculuğa çıksan ne kadar sıkılırsın? Hediye alıp, onu mutlu ederim diye düşünme. Hediyenin yanına sevgini katmazsan, verdiğin şeyin bir kıymeti kalmaz.

Benim hiçbir zaman çok param olmadı. Ona bir pırlanta gerdanlık alamadım ama, hep öpücüklerle doldurdum boynunu. Hiçbir zaman ipek elbiseler giydiremedim ama yumuşacık sardım bedenini ve mutlu ettim onu."

Mert, karısına çikolata alabilmesi için cebinden para çıkarıp uzattı adama. Eve döner dönmez de öğrendiklerini uygulamaya koyuldu. Bir tabak meyve ikram etti eşine.

"Bunlar dünyanın en şanslı meyveleri..." dedi.

Karısı cevap bile vermedi.

Mert üsteledi tabii.

"Sorsana niye?"

"Niye?"

"Çünkü dünyanın en güzel ve en tatlı kadının midesine gidecek... Bunlar senin sevdiğin meyveler, hepsini senin için aldım."

Sonra yere diz çöktü. "Cezam neyse razıyım fakat seni delice seven bu adamı kendinden mahrum etme."

Karısı tatlı bir kahkaha attı. Hoşuna gitmişti sanki kocasının bu tavrı.

Küçük bir kız çocuğu gibi omuzlarını kaldırıp "Hıh!" dedi. "Affetmek o kadar kolay değil."

Mert hayatında ilk kez göz göze geliyordu karısının içindeki küçük kız çocuğuyla. Bu muzip bakışlar her şeyi değiştirmişti. "Bundan sonra her şey farklı olacak..." diye düşündü.

12. KURAL

SEN YOLA ÇIK, YOL SANA GÖRÜNÜR.

Bir sufi, öğrencisiyle yola çıkmış, yürüyordur ağır ağır. Civar köylerden birinin yakınından geçerlerken öğrencisine dönüp, "Bak evladım..." der. "Ben şu incir ağacının altında biraz dinleneyim, sen de al şu testiyi git köyün çeşmesinden dolduruver bir zahmet."

Öğrenci, ikiletir mi hiç hocasının sözünü? "Başüstüne" der ve testiyi alıp çeşmenin yolunu tutar. Ancak çeşme başında hiç ummadığı bir güzellikle karşılaşır. Dünyalar güzeli genç bir kız testisini dolduruyordur.

Genç adam öğrenciliğini unutuverir o an ve kızın peşine takılıp gider. Yolda aşkını ilan eder ona, evlenmek ister. Belli ki karşılıksız değildir genç adamın hisleri. Kız da ondan hoşlanmıştır ve "Gel babamdan iste beni..." der.

Delikanlı, "Tamam..." der, hiç bekletmez işi. Gidip Allah'ın emri, Peygamber'in kavliyle kızı usulüne göre ister babasından. Yaşlı adamın gözü tutmuştur. Zorluk çıkarmaz genç adama, "Kızımı verdim gitti..." der. Böylece evlenirler hemen. Çocukları da olur vakitlice... Yıllar mutluluk içinde gelip geçer. Hatta öyle bir gün gelir ki çocukları da büyürler, kocaman olurlar ve babalarının karşılarına çıkıp, "Babacığım izin ver ki biz de gidip kendi rızkımızı arayalım..." derler.

Babaları izin verir evlatlarına... Oğlanlar dağılırlar dört bir yana, düşerler kendi kısmetlerinin peşine. Adam artık iyice yaşlanmıştır. Kayınpederi de vefat etmiştir. Çok geçmeden hanımını da kaybeder. Bir başına kalır sonunda... Artık çıt çıkmaz olur evinde... Sonra birdenbire incir ağacının altında unuttuğu hocasını hatırlar ve "Eyvah!" diyerek kalkar yerinden. "Ah ben ne yaptım?" Fırlar yerinden. Bir koşu gidip testiyi alır eline ve çeşmede suyunu doldurup incir ağacına varır nefes nefese... Bir de bakar ki hocası hâlâ ağacın altında, ayaklarını uzatmış oturmakta.

Sufi tebessüm ederek bakar karşısındaki adama, ne çok benziyordur kendine... "Evladım..." der. "Nerede kaldın sen? Az kalsın ben de gidecektim!"

Genç adamın incir ağacının altında unuttuğu kişi kendi benliğidir aslında. Hayat gayesinin peşine düşerek ihmal ettiği, ıskaladığı, varlığını tamamen unuttuğu benliği...

Yunus Emre'nin "Bir ben vardır bende benden içeri..." diye tarif ettiği o unutulmuş, ıskalanmış, haksızlık edilmiş benliklerimiz...

Hayat, koca bir ömür hiç hissettirmeden oyalamayı başarır. İyi günler olur, kötü günler olur. Kazançlar olur, kayıplar yaşanır. Sevgililer gelir, sevgililer gider. Ayrılıklar olur, kavuşmalar olur. Doğumlar olur, ölümler olur. Kederler olur, sevinçler olur. Savaşlar olur, barışlar olur. Bir an bile durmaz hayat. İnişlerle çıkışlarla sürer gider. Çemberin içinde dönüp dururken ve daima ona buna bakarken, etrafını kollarken, kendince devinip duran insan en çok kendini unutur bu süreçte... Dünyayı tanımaya çalışmakla geçen koskoca bir ömür kendine yabancılıkla nihayete erer. Türlü çeşitli insanlar, karakterler, deneyimler, olaylar görür, yaşar, her birinin ne olduğunu tadar, anlar, öğrenir de bir kendini anlamamış, bilmemiş ve hiç tanımamış olur günün sonunda.

Dikkat ettin mi?

Hikâyeye genç bir öğrenci olarak başlayan adam, ancak yaşlandığında, çocukları yuvadan uçup sonunda eşini de kaybettiğinde hatırladı benliğini...

İçindeki diğer insanı...

İçindeki çocuğu...

İçindeki bilgeyi...

İçindeki beni...

Adına ne dersen de fark etmez. Sende senden gayrı birinin daha olduğu muhakkaktır artık. Seni sana getirecek bir olayın yaşanmasını bekleme derim ben.

Ayrılık, ölüm, kayıp, felaketler, yıkımlar, acılar, hüzünler, kederler... Bunlar hep hayatın gailesine kapılıp gitmiş, benliğini bir incir ağacının altında bırakıp unutmuş olanın hızını keser, yavaşlatır, durdurur, kendine getirir. Unuttuğu kendine gelmek için hep yavaşlamak zorundadır insan. Eğer sen kendin bilerek ve isteyerek yavaşlamak, içindeki senle buluşmak yoluna gitmezsen hayat bir gün kapılıp gittiğin döngünün hızını kesecektir senin yerine. İstesen de istemesen de yavaşlatacaktır seni. Çünkü bu âleme dünyanın hızına ve yaşam gailesine gömülüp gitmek için gelmedin. Tekâmülünde içindeki seni deneyimlemek de var. Bu yolda en yakın arkadaşın önce içindeki sendir... Sonra biriktirdiğin herkes gelir yanına...

Kendini hatırlamak için hayatın seni bir tecrübeyle yavaşlatıp durdurmasını bekleme... Mola ver. Zaman tanı kendine. İhmal ettiğin seni nerede unuttuysan onu oradan almak ve yüzleşmek zorundasın. Sana senden daha yakın, daha gerçek ve daha dürüst bir rehber, bir bilge, bir hoca bulamazsın.

İçindeki seni nerede unuttuğunu hatırlamıyor musun?

Onu nerede nasıl arayacağını bilemiyor musun?

Ben sana söyleyeyim.

Yola çıktığın an, yol seni aradığın adrese götürmeye başlayacak. Nerede olduğunu bilmeden ama nereye gittiğinden emin biçimde yol alacaksın merak etme.

Yol seninle konuşacak. Yoldaki işaretleri okuyacaksın. Karşına çıkan her insanın ulaşmak istediğin sana giden yolda önemli bir rehber olduğunu bileceksin. Her biri sınavındır, sınanacaksındır. Kimi dostluğuyla sınar seni, kimi düşmanlığıyla... Hiçbiri boşuna çıkmayacak karşına. Hepsi seni sana ulaştırmak için açılmış olan yolun işaretleridir. Doğru oku işaretleri...

Karşına çıkan fırsatları değerlendir. Susadığında nehir kenarına ulaşacaksın. İster eğilir suyunu içersin kana kana ister üzerinin kirini akıtırsın içine, zehirlersin suyunu, seçim senin. Yol sana nehri verir sadece. Gerisine karışmaz. Yoluna çıkan güzellikleri fark et, sahip olduklarına şükret. Şükrettikçe şükredeceğin şeyler çoğalacaktır yol boyunca.

Kaybolduğun hissine kapılabilirsin korkma. Yanlış yolda olduğun düşüncesi peyda olabilir içinde sarsılma. Nereye gideceğini bilemez bir halde savrulup durma. Sonu belli olmasa da yol güvenlidir. Sen yeter ki adım at, o sana görünecektir.

Yolun sonuna odaklı zihinlerimiz, bizi yolun başında tutsak eder. Bu yüzden dünya gerçekleşemeyen hayallerin cehennemine dönüşmüştür çoğu insan için. Çünkü çoğu yolun sonunu görememekten korktuğu için yola hiç çıkmamayı tercih etmişlerdir.

Diyelim ki daha önce İtalya'ya hiç gitmedin.

Bir karar verdin ve tek başına aracınla gideceksin oraya. Ne rehber, ne şoför, ne yol arkadaşı... Kimse yok yanında.

Nefes kesici değil mi?

Sonu belirsiz bir macera...

Sahiden de bilmiyorsun İtalya'ya tek başına arabanla nasıl gidebileceğini... Başlıyorsun araştırmaya.

Yol haritası, navigasyon, arabayla İtalya'ya gidenlerin tecrübeleri... Ne bulursan inceliyor, okuyor, bakıyorsun.

Yine de tatmin edici değil...

Yolun sonunu göremiyorsun çünkü...

İşte tam da bu aşamada terk ediyor çoğu insan yolu. Bulunduğu yerden bakıp varacağı yeri göremediğinden hiç çıkmıyor yola. Hayalinde bir yol hikâyesiyle yaşıyor koca bir ömrü. Oysa ilk adımını attığında yol görünmeye başlar. Sana ne yapacağını, nasıl yapacağını söyler. Seçenekler sunar sana, seç der. Anbean sürekli seçimler yaparak, görerek, tadarak, koklayarak kararlar alıp belki bazen yönünü bile değiştirerek ilerlersin. Belki öyle bir karar verirsin ki yol artık İtalya'ya gitsin istemiyorsundur. Rotayı çoktan başka tarafa çevirmişsindir ki yolun güzelliği de budur. Sen İtalya diye yola çıkarsın ama yolda büyür, gelişir, öğrenir, değişir ve sonunda başka duraklara uğramaya karar verirsin.

Bu yüzden korkma... Nereye varacağını hesaplama. Sen yola çık, yol sana görünür zaten.

13. KURAL

AY DOĞMUYORSA YÜZÜNE, GÜNEŞ VURMUYORSA PENCERENE, KABAHATİ NE GÜNEŞTE NE DE AYDA ARA. GÖZLERİNDEKİ PERDEYİ ARALA.

Hayatıyla ilgili sorumluluk almayan, şikâyetçi olduğu durumlarla ilgili aksiyona geçmeyen insanın koca bir hayatı sızlanarak geçirmesi ve sonunda sadece talihini suçlaması dünyanın en acıklı hikâyesi değil bana göre, tam bir komedi... Hem de gerçek bir komedi.

Her sabah çalıştığı işe yanında hep aynı yiyeceklerle giden kişinin hikâyesi gelir aklıma bu konu açıldığında. Her sabah erkenden uyanıyor, tam vaktinde çalıştığı yere varıyor, gün boyu işini olması gerektiği gibi yapıyor, sonra yemek molası verildiğinde diğer çalışanlarla bir araya toplanıp çıkarıyorlar yiyeceklerini, yiyorlar.

Fakat yıllardır olduğu gibi her gün hep aynı şeyden yakınıyor yemek molalarında.

"Of! Yine aynı yemek... Zeytin, ekmek. Bıktım artık."

Diğer arkadaşları usanmışlar artık her molada bu yakınmayı işitmekten.

"Of! Yine aynı yemek... Zeytin, ekmek. Bıktım artık."

Sonunda bir gün içlerinden biri dayanamayıp çıkışıyor.

"Yeter ama artık..." diyor. "Her gün aynı şey, her gün aynı şikâyet. Bir gün bile memnun oturmadın yemeğinin başına. Madem bu kadar şikâyetçisin halinden eşinle konuşsana. Canım lütfen bazı sabahlar peynir ekmek hazırla, bazen salam al, sosis al, bazen börek yap bana desene."

Şaşkınlıkla bakar arkadaşının yüzüne.

"İyi ama ben evli değilim ki..." der.

Her gün kendisinin hazırladığı yemekten usanç verici şekilde şikâyet edip durması bana trajik değil, komik geliyor inan ya da trajikomik diyelim...

Kendi eliyle inşa ettiği dünyanın içinde memnuniyetsizlikten yakınarak veryansın eden, sızlanıp duran o kadar çok insan tanıyorum ki anlatamam.

Başka yollar var denesene, başka imkânlar var kullansana, başka insanlar var sevsene, başka işler var kalkışsana, başka güneşler var pencereni açsana, başka yıldızlar da var göğe baksana...

Neden şikâyetçi olduğun koşulların içinde ölüme terk ediyorsun kendini?

Kimse gelip sana başka yeni yollar açmayacak, kimse senin için güneşin önündeki bulutları temizlemeyecek, kimse seni senden daha çok düşünmeyecek, kimse altın tepsiler içinde sana sonsuz fırsatlar sunmayacak.

Ne bekliyorsun?

Kimi bekliyorsun?

Şikâyet etmek, şükretmenin tam karşıtıdır biliyor musun?

Şükürle hayatında artıracağın güzellikleri şikâyetle yok eder, kurutur, kısırlaştırırsın.

Şikâyet yok edici, kısır bir enerjidir.

Mutluluğa da zafere de sızlanarak ulaşamazsın. Ondan bundan şikâyet ederek yol açamazsın. Şikâyet atalete, öfkeye ve depresyona yol açan bir düşünce biçimi. Kör bir kuyu aslında ya da tam bir kısırdöngü...

Şikâyetçisi olduğun hiçbir şeyden ama hiçbir şeyden ne fayda, ne kazanç, ne bereket, ne mutluluk, ne sevinç, ne bolluk, ne sağlık elde edebilirsin.

Gölgede kaldın diye güneşi suçlayamazsın, güneş hep var, yeter ki perdeyi arala. Güneşi suçlayarak ısınamazsın, güneşi suçlayarak aydınlanamazsın. Güneş kimseyi kayırmadan ve dakika bile şaşmadan aydınlatıp ısıtmaya devam eder dünyayı. Buna rağmen gölgede ve karanlıktaysan kendinle hesaplaşmalısın. Bunu kendine neden yaptığını sormalısın. Seni güneşe çıkmaktan alıkoyan ne? Seni eyleme geçmekten geri tutan ne? Neden perdenin arkasına gizlenip sızlanmayı tercih ediyorsun? Neyi başaramamaktan korkuyorsun? Sızlanmak neden daha kolay geliyor sana? Perdeyi aralamak neden korkutuyor seni?

"Ama ben talihsizim, ama ben bahtsızım..." öyle mi?

Öyle diyorsan öyledir tabii.

Sen yanına hangi yemeği alıyorsan günlük rızkın odur tabii...

Nerede ne şekilde durmak istiyorsan kaderin odur elbette...

O zaman güneşi rahat bırak! Karanlıkta kaldın diye onu suçlayarak rahatlatma vicdanını. Bu yalancı rahatlamayla yaşadığın hikâyeyi trajik bir komediye dönüştürme.

Etrafın kapılarla çevrili... Senin için aralanmayı bekleyen fırsat kapılarıyla... Hayatın öğretmenlerle çevrili... Sana her an ihtiyacın olanı sunmaya hazır bilgelerle... Sen onların yüzüne bakmadığında da hayatındalar, sen kapılara elini uzatıp aralamaya kalkışmadığında da orada öylece durup bekliyorlar.

"Göremiyorum, ne yapmalıyım?" diye yakınanlara verebileceğim tek cevabım var sadece: Yavaşla!

Dur ve bak etrafına...

Sabırlı, tahammüllü ve hoşgörülü ol. İzin ver çekilsin bulutlar, izin ver ortaya çıksın güneş ve aydınlatsın hayatını.

Gözlerindeki perde aralandığında göreceksin yoluna ışık olmak için karşına çıkan öğretmenleri...

Kıymetli bir sufi usta ölüm döşeğinde yatarken genç öğrencisi elini tutup çöktü yanına ve sesi titreyerek sordu:

"Ustam bizden ayrılıyorsun artık. Şimdiye dek sormaya hiç cesaret edemediğim bu soruyu sana sormak için belki de son fırsatım. Yanına geldiğimden beri sürekli düşündüğüm bir şey var. Çok önemli bir ustasın sen... Çok yollar kat etmiş, anlamış, öğrenmişsin. Bu yolculuğun sırasında sana kim ustalık etti? Senin öğretmenin kim oldu? Bunu sadece ben değil, bütün öğrencilerin merak ediyor. Hiçbir zaman ustan hakkında konuşmadın bizimle... Hiç anlatmadın onu bize."

Hasta usta öğrencisinin sesini işitince yavaşça açtı gözlerini. Uzaklara dalmış gibi baktı boşluğa. Bir şeyler hatırlayıp tebessüm etti sonra.

"Bu soruya yanıt vermem biraz zor olacak evlat..." dedi. "Benim çok kıymetli öğretmenlerim oldu hayatım boyunca. Ben neredeyse herkesten hep bir şeyler öğrendim. Kâinat bütünüyle ustam oldu benim. Hayatıma ne kattıysam ve öğrencilerime ne verdiysem varoluşun kendisinden aldım her şeyi... Bu yüzden hepsine müteşekkirim."

Genç öğrencinin nefesi kesilecekti heyecandan. Can kulağıyla dinliyordu son nefesini vermek üzere olan ustasını.

"Kimdi onlar ustam? Varoluşun sana kattıkları neydi?"

Heyecanlı öğrenci, ustasının ulaşılması zor, büyük isimlerden söz edeceğini düşünüyordu. Büyük bir gizeme ulaşacaktı sanki az sonra. Kimselerin bilmediği, kimselerin ulaşamayacağı bir gizem...

"Ustalarımdan biri bir köpekti..." dedi yaşlı sufi.

Genç öğrencisinin nutku tutulmuştu adeta.

"Nasıl yani?"

"Çok susamıştım o gün. Zor bir gün geçiriyordum. Elimde avucumda hiçbir şey yoktu. Sahip olduğum tek şey içi boş bir kâseydi sadece. Öylece yürüyordum yollarda. Bir nehir arıyordum susuzluğumu gidermek için. Sonra tam bir nehir bulmuştum ki yanımdan hızla geçen köpek nehre atlayıp su içmeye başladı. Onu izlemeye başlayınca tuhaf bir his belirdi içimde. Elimde taşıdığım kâsenin ne kadar lüzumsuz bir yük olduğunu fark ettim bir anda. Fırlatıp ben de koştum nehre. Köpek su içmek için kâseye ihtiyaç duymuyordu. Benim neden vardı ki? Nehre atladım ben de, kana kana su içtim, serinledim. Sonra nehrin kenarına oturup dinlendim bir süre. Köpeğe teşekkür ettim. Hürmetle okşadım başını. Bana çok önemli bir ders vermişti. Her şeyden, hayatta sahip olduğum her şeyden vazgeçmiştim zaten ama elimdeki kâseye hep bir bağlılığım vardı. Çok güzel bir kâseydi, değerliydi, el işçiliğiydi, üzerinde göz alıcı desenleri vardı... Birilerinin onu benden her an çalmak isteyebileceğinin farkındaydım.

Geceleri yastığımın altında saklama ihtiyacı duyardım. Ona bağımlılığım, zaafım vardı. Korkuyordum kaybetmekten. Ama o köpek yardım etti bana. Gözlerimi açtı. Artık her şey netti. Görebiliyordum. Bağımlı olduğum her şey korkular yaratacaktı bende. Kaybetme korkusu yüzünden hep huzursuz, endişeli ve mutsuz olacaktım. Zaaflarım köleleştirecekti beni. Ustalaşmama engel olacaktı. Kaybetmekten korktuğum her şeyle tehdit edildiğimi hissedecektim. Tehdit ediliyor olmak öfkelendirecekti beni. Yalnız, korku dolu ve öfkeli birine dönüşecektim giderek. Köpek ustam oldu benim. Bağımlılık zincirlerimi kırmam gerektiğini anladım onunla. Zaaflarımın hayatımı kontrol etmesine izin veremezdim. O köpek, en kıymetli ustalarımdan biri olarak hep aklımın bir köşesindedir."

Genç öğrenci şaşkınlık içinde dinliyordu ustasını. Çok etkilenmişti duyduklarından. Devam etmesini istiyordu. Hayatındaki bütün ustaları öğrenmeliydi. Soluğunu tutup dinlemeye devam etti.

"Sonra..." dedi yaşlı sufi. "Sonra bir ustam daha oldu. Bir gün ormanda yürürken yolumu kaybetmiştim. Geceyi ormanda geçirmemek için küçücük de olsa bir ışık aradım. Sonra zayıf bir ışık yakaladım nihayet, peşine düştüm. Bir köye sığınabileceğim umuduyla ışığa doğru yürüdüm. Gece yarısını geçmişti vakit. Açtım, yorgundum, saatlerdir yürüyordum köye vardığımda. Herkes çoktan uyumuş, evlerin ışıkları sönmüştü. Sadece birinin kandili yanıyordu. Gidip çaldım kapısını... Kimse açmadı. Bir daha çaldım yine açılmadı.

Sonra arkamda bir adam belirdi. Sırtında odunlar...

'Ne arıyorsun?' diye sordu.

'Yatacak yer...' dedim. 'Evine misafir olabilir miyim? Bana yatacak bir yer verebilir misin?'

Adam almadı beni evine. Üstüme başıma baktı uzun uzun.

'Cüppene bakılırsa bir sufisin sen...' dedi.

Sufi sözcüğü 'suf' kökünden gelir. 'Suf' yün demektir. Yünlü giysi anlamındadır...

Sufiler her zaman yünlü giysiler giydiklerinden dolayı sufi ismini almışlardır.

Adam, 'Senin bir sufi olduğunu görüyorum...' dedi bana. 'Seni evime alamam. Mahcup olurum. Sana kim olduğumu söylemem lazım. Ben aşağı kıyıda balıkçılık yapan yalnız bir adamım. Kimse evime gelmez benim, kimse selam vermez, kimse kızını vermez, kimse aş getirmez, bana saygı göstermez. Burada herkes beni dışlar çünkü ben babası belli olmayan, annesi günahkâr bir adamım. Bir sufiyi evime alamam. Zaten bence artık sen de bana misafir olmak istemezsin. Bana ormandan odun bile vermezler. Geceleri böyle gizli gizli gelir gider alırım. Deniz bile balık vermez bana her zaman. Açlıktan ölmek üzereyken oltama bir balık gelir yapışır günler sonra.'

Çok şaşırmıştım. Ne diyeceğimi bilemedim. Mahcubiyeti sarsmıştı beni. Düşüncelere daldığımı görünce gülümsedi.

'Gördün mü bak?' dedi. 'Sen de çekiniyorsun artık benim evime girmeye... Ama eğer çekinmezsen, sen de günahkârın oğlu diye beni küçümsemezsen tabii ki başımın üzerinde yerin var. Gel, ye, iç, uyu... Sana çorba pişireyim. Sohbet edelim. Güzel şeyler konuşuruz. Ahbap bile oluruz.'

Birden çok kötü hissettim kendimi. Af diledim ondan. Ellerini tuttum. 'Bağışla...' dedim. 'Senden yana tereddüt etmedim. Hikâyeni düşündüm sadece. Tereddüt etmiyorum seninle ilgili... Sen gerçekten güçlü bir adamsın, seve seve gelmek isterim evine. Üstelik sadece bir gece değil, izin verirsen daha uzun zaman kalmak bile isterim. Ben de senin gibi güçlü olmak istiyorum...'

Balıkçı aldı beni evine. Güzelce ağırladı. Tuttuğu balıklardan pişirdi. Yatağımı hazır etti. Sabahın erken saatinde balığa çıktı. Döndüğünde elleri boştu.

'Deniz bana balık vermedi...' dedi. 'Ormana gideceğim, belki meyve toplarım, yiyecek bir şeyler bulurum, çorba pişiririm. Bugün olmadı ama belki yarın olur.'

Sonrasında her gün hep aynı şeyler oldu. Tam otuz gün boyunca her gün denize gitti ama elleri boş döndü. Yine de üzgün değildi. Yemeğini başka yerden çıkarmanın yolunu hep buldu. Hayal kırıklığı yoktu... Yüzünde en ufak bir başarısızlık belirtisi görmedim.

Her defasında, 'Önemli değil...' dedi. 'Ben elimden geleni yaptım. Bugün yine balık yakalayamadım ama yarın yine deneyeceğim. Allah bilir. Bugün olmazsa yarın olur.'

Bir ay sonra ayrıldım evinden. Yıllarca onu düşünüp durdum. Bu tecrübenin içindeki hakikati anlamaya çalıştım ama başarısız oldum. Yine de balıkçının sözünü hatırlayarak devam ettim yoluma. Onun gibi gülümsedim ben de.

'Allah biliyor. Bugün olmazsa yarın olur.'

O balıkçı en kıymetli ustalarımdan biri oldu. Vazgeçmemeyi öğrendim ondan. Her şeye rağmen hayattan vazgeçmemeyi, çare aramayı, tutunmayı, yıkılmamayı, küsmemeyi öğrendim. Kimseye kırılmamayı, ne kadar acımasızca davransalar bile insanlara küsmemeyi, onlara düşmanlık beslememeyi, kaderini ve geçmişini lanetlememeyi öğrendim.

Üçüncü ustamsa küçük bir çocuktu. Yolum bir köyden geçmişti bir gün... Elinde mum taşıyan bir çocuk çıktı karşıma o gün. Belli ki elindeki mumu köyün küçük ibadethanesine bırakacaktı.

'Bana ışığın nereden geldiğini söyleyebilir misin çocuk?' diye sordum. 'Mumu kendin yaktıysan görmüş olmalısın. Işığın kaynağı ne?'

Çocuk yüzüme bakıp gülümsedi.

'Bekle...' dedi ve mumu söndürdü önümde.

'Işığın gittiğini gördün bak...' dedi. 'Bana ışığın nereye gittiğini söyleyebilir misin? Sen bana ışığın nereye gittiğini söyleyebilirsen, ben de sana nereden geldiğini söyleyeceğim. Çünkü bu da aynı yere gitti. Kaynağa döndü.'

Hayatım boyunca büyük bilginlerle tanıştım, eğitimler aldım. Ama hiçbiri böylesine açmadı ufkumu. Her şey sahiden de nihayetinde kaynağına dönerdi. Küçücük bir çocuk cehaletimin farkına varmamı sağladı. Ben çocukla şakalaşmak istemiştim oysa sadece. Ama o hayatımın dersini vermişti bana. Işık hiçten ve hiçlikten gelir, yine hiçe ve hiçliğe dönerdi.

Minnetle ellerini tutum çocuğun. Saygıyla öptüm sonra.

'Neden ellerimi öpüyorsunuz?' diye sordu.

'Sen benim ustamsın...' dedim ona. 'Bana çok kıymetli bir bilgiyi açtın. Çok büyük bir ders verdin, çok büyük bir içgörü sağladın.'

O günden sonra hep hiçlik üzerine tefekküre daldım. Hiçliğin içine girmeye çalıştım. Hiçliğe dokunmak, anlamak, hiçliği yaşayabilmek için tefekkür ettim. Zaman içinde hiçliğe ulaştım. Şimdi benim için de ışığın söneceği, hiçliğe gideceği o an geldi çattı. Ben nereye gideceğimi biliyorum... Buraya geldiğim kaynağa geri döneceğim. O günden beri köydeki çocuğu da minnetle hatırlarım."

Hayatımız bilgelerle doludur. Güneşler hep vardır, ayın ışığı muhakkak vurur yeryüzüne. Yeter ki perdeleri arala, pencereyi aç, çevir yüzünü göğe... Başını kuma gömerek yaşamayı tercih ediyorsan bunda güneşin suçu ne?

14. KURAL

ÖFKE RÜZGÂR GİBİDİR. BİR SÜRE SONRA DİNER AMA BİRÇOK DAL KIRILMIŞTIR BİLE.

Öfke; enerji açısından yüksek bir boşalım sağladığı için güçlü bir duygu. Öfkenin baldan tatlı oluşu da yüksek enerji boşalımı sayesinde yaşattığı rahatlama hissinden kaynaklanıyor çoğunlukla. Ancak beynin karar verme mekanizmalarını kör edecek kadar kapatması açısından bakıldığında da çok tehlikeli...

Haber bültenleri "bir anlık öfke krizleri" sonucu işlenmiş akıl almaz cinayetlerle, yaralamalarla, kavgalarla ve çatışmalarla dolu.

Öfkenin, gözü ne derece kör ettiğine izlediğimiz tüyler ürpertici haberlerle tanıklık ediyoruz yeterince. Geriye sadece onarılamaz yıkımlar, giderilemez kayıplar ve derin pişmanlıklar kalıyor sadece...

O "bir anlık öfkeye" yenik düşenlerin, büyük rahatlamadan sonra söyledikleri tek şey "Çok pişmanım, gözüm döndü bir an, nasıl olduğunu bile anlamadım, kendimde değildim, hatırlamıyorum bile..." oluyor.

Hayır, hiç de uç örnekler vermiyorum.

Çünkü öfkenin azı çoğu yok.

Zararlı öfke, zararsız öfke de yok.

Olağan öfke, sıra dışı öfke de olmaz.

Öfke olağan değildir.

"Benim yapım bu..." diye de kabullenilemez. "Bazıları sakin olur bazıları da yapısı gereği sinirli oluyor..." diyerek günlük hayatın içine sindirilemez.

"Ama ne yapayım beni delirtti, başına ne geldiyse hak etti, kaşınmayacaktı, öyle yapmasaydı o zaman, bana bunu demeyecekti, bana bunu yapmayacaktı, madem öyle işte böyle!" diyerek öfkeyi haklı çıkarmak da mümkün değil.

Öfkenin giderek kabul görmesi tehlike çanlarının daha güçlü çalmasına yol açıyor. Memleketin dört bir yanından cinnet haberleri geliyor.

Öfkelenmek ve cinnet getirmek için haklı sebepler oluştuğunda bunun artık kişisel bir hak olarak onaylanıyor olması kabul bile edilemez.

Öfke, insanlığın doğal bir hali değildir. İnsanlık dışıdır. Bu yüzden hayatımın hiçbir alanında hangi gerekçeyle olursa olsun öfkeyi katiyen kabul edemem, sebep ne olursa olsun öfkeli kişiyi hiçbir şekilde haklı göremem, onaylayamam.

Başkasının kalbini düşüncesizce edilmiş bir sözle ya da densizce bir tutumla yaralamayı dahi hoş görmüyorum.

Kalp yaralamak, onur kırmak, insan incitmek büyük zalimliktir. Bunu yapan insanın sağlıklı ilişkiler yaşaması, işinde başarı göstermesi, kariyerinde yükselmesi, bolluk ve bereket içinde bir yaşam sürmesi, mutlu ve sağlıklı bir ömür geçirmesi mümkün değil.

Dünya çok şık ve hoş görünen mutsuz insanlarla dolu farkında mısın?

Sosyal medya mutluluk ve coşku anlarıyla bezeli...

Sözde herkes çok güzel, neşeliler, sürekli kutlayacak bir şeyleri var, sofralar dolup taşıyor, mönüler hep çok zengin, hayatları hep yolunda, yaşam bir eğlence merkezi adeta...

Ama psikolojik destek almaya ihtiyaç duyanların sayısı günden güne artıyor, pandemiden sonra büyük rağbet gören sektörlerden biri de estetik sektörü, yalnızlıklar diz boyu, medyumlardan randevu alınamıyor, bir yıllık programları dolu...

Neden?

Sadece geleceğin belirsizliği mi mesele?

Hayır.

İnsanın kendinin kim olduğunu yitirmesi de başlıca sorunlardan biri...

Ergenliğin kimlik arayışı, insanlığın kimlik arayışına dönüştü. Kimse gerçek değil ve aslında kimsenin kim olduğu hakkında tam olarak bir fikri yok.

İyi bir insan mı kötü bir insan mı emin değil!

Yalancı mı samimi mi emin değil!

Güvenilir mi güvenilmez mi bilmiyor! Çünkü bazen güvenilir buluyor kendini bazen yalancı.

Mutlu mu mutsuz mu bir fikri yok!

Yalnızlıktan şikâyetçi ama kendi sadık değil. Ne dostluğunda samimi ne de verdiği sözlerde...

Mutlu etmeyi bilmiyorsan mutlu olamazsın.

Sosyal medya, başkalarını acımasızca eleştirme, haklarında ileri geri konuşabilme hatta hakaret etme alanı açtı hepimize. İçimizdeki canavarlar döküldü ortaya. Kimliklerimizi gizleyerek eleştirdik, yerdik, suçladık, yargıladık, astık, kestik, küçük düşürdük, linç ettik, yaraladık başkalarını. Sosyal medyadaki profil fotoğraflarından ibaret sandık onları. İnsan olduklarını, bir aile içinde yaşadıklarını, incinebileceklerini, zarar görebileceklerini düşünmedik.

Hayatın zorlukları ve acımasızlığı karşısında içimizde biriken öfkeyi üzerlerine kusup rahatladık. Öfke sahiden de baldan tatlı ama değil mi? Yerdikçe iyi hissettik. Vurdukça vurduk. Yaraladıkça iyileştik. Rahatladık. Öyle değil mi?

Öyle değil işte maalesef.

Başkasını yaralayarak iyileşemez insan. Kendini yaralar en çok.

Öfke, sonunda bir rahatlama vaat ediyor gibi görünse de aslında sadece yıkım getirir. Sosyal medyada sadece yorumlara dayalı öfke boşalımlarını masum göremeyiz. Bir canlıya fiziksel olarak zarar vermekten hiç ama hiç farkı yoktur. Tanımadığın insanlar hakkında kimliğini gizleyerek zalimce yorumlar yaparak, hakaretlerde bulunarak, öfke kusarak kendi hayatına coşkuyla, neşe içinde ve tatmin bulmuş şekilde devam edebileceğini zannedenler çok yanılırlar.

İlahi adaletin terazisi çok hassastır. Aldatılamaz, şaşırtılamaz. Başkasının kalbini kırarken kendi kalbinin mutluluğunu inşa edemezsin. Başkasını eleştirirken onaylanamazsın. Başkasını değersizleştirirken, kimseden değer göremezsin, hayatın boyunca değersizlik hissiyle baş etmek zorunda kalırsın, edemezsin. Öfke kusarken sevemezsin, sevilemezsin. Dünyaya çatık kaşlarla bakarken gülemezsin, yaşam dolu olamazsın.

Mutsuz değilmişsin gibi yaparak yaşamaya çalışırsın sadece ki bu dayanılmaz derecede yorucudur.

Öfke, dizginlenmesi gereken yırtıcı bir hayvandır ne yazık ki.

Kolayca öfkelenmek, siniri boşaltmak hatta sözle ya da tutumla kalp kırmak, birini incitmek hayatın her alanında zihinsel, duygusal, fiziksel kayıplara neden olur. Hezeyanlara yol açar.

Sonrasında özür dilemeyi, telafi etme yoluna gitmeyi açıkçası çok da değerli kabul etmiyorum ben. Değerli olan öfkeyi dizginlemek ve o kalbi hiç kırmamış olmaktır.

Çocukluğumda bir hikâye anlatırlardı evde, yer etmiş aklımda. Kim olduklarını bilmiyorum ama isimleri Ahmet'le Zehra...

Ahmet sert bir adammış. Çabuk öfkelenir, alev alır, ortalığı yakıp yıkar sonra da rahatlayıp sakinleşirmiş. Sakin olduğu vakitler dünyanın en tatlı adamıymış ama... Şakacı, eğlenceli, hoşsohbet bir adam işte...

Öfkesinden ne yazık ki en çok karısı Zehra nasibini alırmış ister istemez. Zavallı Zehra ne yapacağını bilemez, çaresiz kalırmış kocasının öfkesi karşısında. Halbuki siniri yatıştığında ne tatlı bir adam...

Yine bir gün esip gürlemiş eve döndüğünde. Siniri tepesinde girmiş içeri. Yorgunmuş da, çok çalışmış da, başına bir dolu aksilik gelmiş de, Zehra da bir gün vaktinde hazırlamazmış bu sofrayı da, ille söylemek gerekirmiş de, yemek hâlâ ocaktaymış da, ne biçim kadınlıkmış bu, kocaya saygısızlıkmış, sabahtan beri altı üstü bir çorbayı pişirmeyi becerememiş de, sanki yemek dışında yapabildiği bir şey varmış da onu da yapamıyormuş da, bunu neden evden tutuyormuş bunca yıl da? Vay efendim, vay...

Saymış dökmüş içindekileri.

Vurup kırmış eşyaları... Zavallı Zehra nereye kaçacağını şaşırmış. Bilememiş Ahmet'in eve erken döneceğini. Yemekler yetişmemiş tabii... Yine de hazır etmiş sofrayı. Arkasından tek tek getirmiş yemekleri, hepsinin dumanı üzerinde.

"Buyur..." demiş kocasına. "Sofra hazır afiyet olsun."

Yemek kokuları sakinleştirmiş Ahmet'i. Hepsi de en sevdikleri... Zehra aslında kocasının sevmediği bir şey pişirmezmiş ki.

Onu iyi tanır, damak zevkini bilir, buna göre özenerek hazırlarmış sofrasını.

Ahmet'in siniri yatışmış tabii... Çorbadan bir iki kaşık alınca "Oh be!" demiş. "Yine mis gibi, hem de en sevdiğim."

Dünyanın en tatlı adamı oluvermiş yine. Yüzü gülmüş, keyfi yerine gelmiş, karısıyla baş başa yemek yiyip sohbet etmek istemiş canı. Ama tuzu yokmuş yemeğin. Aceleye geldi tabii.

"Hanım..." demiş. "Sen önce sofraya tuz getir, sonra da gel karşıma otur güzel yüzünü göreyim biraz."

Zehra, "Olur..." demiş. "Sen yemeğe devam et, hiç bozma keyfini, ben getiririm tuzu."

Gitmiş mutfağa ama dönmemiş bir türlü.

Ahmet içeriden sürekli sesleniyormuş.

"Tuz nerde kaldı hanım?"

Zehra da her seferinde, "Tamam getiriyorum sen devam et..." diyormuş. Ama ne Zehra var ortada ne de tuz. Derken Ahmet yemeğini öylece bitirmiş, karnını doyurmuş. Arkasına yaslanıp şişen koca karnını okşarken birden dank etmiş kafasına.

Eve ne kadar öfkeli geldiğini hatırlamış. Zehra'ya neler dediğini neler ettiğini düşünmüş üzülmüş. Kocasının karnını doyurduğunu gören Zehra elinde tuzla gelmiş masaya sonra. "Buyur..." demiş. "Tuz."

"Yemek bittikten sonra tuzu ne yapayım?" demiş.

Zehra kafasını sallamış doğrular gibi...

"Öyle..." demiş. "Kalbimi kırdıktan sonra benden dilediğin özür, doyduktan sonra sofraya gelen tuz gibidir bey, ihtiyaç kalmaz..."

Sahiden de özre ihtiyaç kalmaz çoğunlukla... Çünkü yaralar derince açılmıştır artık. Rüzgâr esip geçmiş, kırıp dökmüştür ortalığı. Kırılan dalları yapıştırmak mümkün mü?

Değil...

Özrü bir çıkış yolu kabul edip öfkede rahat ve geniş olmamalı insan. Özür dileyerek her şeyin onarılabileceği düşüncesi yersiz bir güven veriyor. Kırıp dökmek kolaylaşıyor. Üstelik özrü kabul etmeyeni ağır şekilde suçlamalar başlıyor sonra. Büyüklük ederek özür dilemiş de karşı taraf aynı nezaketi gösteremediği için barış sağlanamamış gibi görünür. Oysa büyüklük öfkeyi kontrol edebilmektedir, özür dilemekte değil...

Öfke kontrolünün nasıl sağlanabileceğiyle ilgili önerilerim olacak tabii ki...

Üç tanesini açıklamak istiyorum hemen.

1. Paylaşmak: Öfke ifade bulmamış yoğun bir enerji yığınıdır. Bedende birikmesine izin vermek doğru değil. Olmadık anlarda hiç beklenmedik şekillerde ve ortada hiçbir neden yokmuş gibi sudan bahanelerle infilak ederek açığa çıkması onarılması güç zararlara yol açar.

Büyük öfke patlamaları yaşayan insanlar çoğunlukla iletişim sorunu yaşayan, kendilerini hiçbir şekilde, hiçbir yolla ifade edemeyen, çözüme gidemeyen, sevip sevilmeyen, değersizlik duygusu içinde bocalayan insanlardır.

Olumsuz enerjileri biriktirmek yerine paylaşmak yoluna gitmek doğru bir tercih olacaktır. İçinde basınç biriken düdüklü tencerelerin sadece küçücük bir noktalarından hava sızmasına izin verildiğinde ortaya çıkan korkunç sesin ve buharın ortalığı bir anda sarması gibi öfkesini, kızgınlıklarını, kırgınlıklarını, çözümsüzlükleri içinde biriktirmeye devam eden insanların da durumu farksızdır. Hepsi infilak etmeye hazır düdüklü tencereler olarak dolanırlar ortada. Oysa küçük fırsatlarla içerideki basıncın yavaş yavaş dışarı atılmasına fırsat vermek lazımdır.

Sorunları, kırgınlıkları, kızgınlıkları tek başına çözmekte zorlanılan durumları dostlarla, arkadaşlarla, güvenilir insanlarla, aileyle paylaşmak çok değerli... Anlatmak, paylaşmak her zaman çok iyi gelecektir. Öfkenin içeride birikip durmasına izin vermeyecektir.

Modern insanın öfkesinin farklı şekillerde şiddetli biçimde her yerde her alanda güçlü bir şekilde su yüzüne çıkmasının nedenlerinden biri de yalnızlık.

Eskiden komşuluk, arkadaşlık, sosyal aktiviteler, kulüpler, dernekler, takımlar çok daha aktifti. Mesela ben çocukken apartmandaki herkesi tanırdık. Birbirimizi bilir, anahtar bırakırdık. Bir komşu evde değilse misafirini biz ağırlar komşunun eve dönmesini beklerdik.

Şimdilerde kimse karşı kapıdaki komşusunu tanımıyor, hakkında hiçbir şey bilmiyor. Çocukluğumda bütün mahalle birbiriyle dertleşir, yaşadıkları zorlukları birbirlerine anlatır ortak çözümler arar, yardımlaşır, en kötü dinleyip desteklerdi.

Çocuğunun derslerle derdi olana üst sınıflardan bir komşunun çocuğu gönüllü öğretmen olur, evinde gerginlik olan rahatlamak için kendini yan komşuya atar, alışverişe gidemeyenin alışverişi komşusu tarafından yapılır, paraya ihtiyacı olana altın günü denk getirilir, altınların onda birikmesine izin verilirdi. Birlik olma, dayanışma, dertleşme, dinleme, sohbet etme ve paylaşma insan ilişkilerinin uzun soluklu ve sağlıklı yaşamasına imkân tanırdı.

Maalesef modern dünyanın hızlı ve kaygılı koşulları bu imkânları ortadan kaldırdı, olanakları azalttı. Yine de insan biriktirmeye değer vermek, dijital paylaşımlara güvenmemek, gerçek ilişkilerin bire bir yakınlıklarla, temasla kurulacağını kabul edip bu alanda yatırım yapmak ruh sağlığı üzerinde kıymetli etkiler yaratacaktır.

Ne olursa olsun dostlarımız zenginliğimizdir.

2. Ortamdan Uzaklaşmak: Öfke duygusu muhakeme mekanizmalarını kör edecek noktaya kadar kapattığında tehlike çanları da çalmaya başlar. Bu durumda alınacak en etkili önlemlerden biri ortamı derhal terk edip açık havaya çıkmak, biraz yürüyüş yapmak ve beynin muhakeme yeteneklerinin geri dönmesi için kendimize yeterli zamanı tanımaktır.

Yürüyüş çok önemli bir seçim... Çünkü fiziksel olarak hareket ettikçe içimizde biriken öfke enerjisini hem sağlıklı yoldan dışarı atmış oluruz hem de öfkeyle kapanan zihinsel faaliyetlerimizin, muhakeme yeteneklerimizin yeniden eski haline dönmesi için zaman kazanmış oluruz.

Öfke ortamında kalmaya devam etmek tehlikelidir. Çünkü giderek yükselen öfke enerjisini kontrol etmek zorlaşabilir, bir süre sonra kontrol tamamen kaybedilebilir.

Öfke ortamını terk etmek herkes açısından en doğru karar olacaktır.

3. Nefes Egzersizleri: Nefes egzersizleri öfkeyi yatıştırmak adına kullanılabilecek etkili yöntemlerdendir. Burada önereceğim nefes yöntemleri, neyzen nefesi olarak bilinir.

"Neyzen nefesi" nefesin çıkışının kontrol altında yavaş tempoyla verilmesine dayalı bir sistemdir.

Neyzenler ney üflerken, ney sesinin akıcılığı bozulmasın diye nefesi yavaşça ve kontrollü verirler. Tekniğe neyzen nefesi isminin verilmesi de buradan gelir zaten. Nefesi hızlıca birden dışarı atmak yerine hem tutarak kontrol etmek hem de yavaşça vermek şeklinde gerçekleştirilir.

Neyzen nefesi nasıl yapılır?

Bunun için nefesimizi burnumuzdan yavaşça alıyoruz ve yine yavaşça ağzımızdan veriyoruz. Nefesimizi ilk aşamada

16 saniyede vermeye çalışıyoruz. Ustalaşmaya başladıkça 32 saniyeye kadar çıkarabiliriz.

Nefesi içimize kaç saniyede çektiğimizin bir önemi yok. Burada dikkat edilmesi gereken nokta, ilk aşamada 16 saniyede nefesi kontrollü biçimde verebiliyor olmaktır.

15. KURAL

YARIN YAPARIM DEME.
BUGÜN DE DÜNÜN YARINIYDI.

Şimdi seninle bankaya gittiğimizi düşün olur mu?

Sana özel bir hesap açıyoruz. Bu hesaba her gün 1440 lira para yatırılacak hem de her gün, hiç atlamadan, eksiksiz bir şekilde.

Ne dersin?

Kulağa iyi geliyor değil mi?

Para senin... İster harcarsın ister harcamazsın... İstersen değerlendirebilirsin de. Hepsi tamamen sana kalmış.

Ancak bir koşul var!

O gün kullanmadığın para ertesi güne devretmez. Merak etme devretmediğinde bile ertesi gün 1440 lira yatmış olacak hesabına.

Hesabın adı: "Zaman!"

Güzel isim bence...

Bir gün 1440 dakikadan oluşur ve her gün bize dilediğimiz şekilde kullanabilme hakkımız olan o 1440 dakika mütemadiyen verilir. Zamanı ya değerlendiririz ya da harcayarak ziyan ederiz. Bize kalmış...

Şimdi lütfen kendine şu soruyu sorar mısın?

Zamanımı iyi değerlendirebiliyor muyum yoksa ziyan mı ediyorum?

Bunu nasıl anlayabilirsin?

Vereceğim soruları yanıtlayarak...

Hadi başlayalım o halde:

"Bugün kendini geliştirebileceğin herhangi yeni bir şey öğrendin mi?"

"Bugün bir şeye şaşırdın mı?"

"Bugün korktuğun şeyi yaptın mı?"

"Bugün konfor alanından çıktın mı?"

"Bugün bedenine iyi baktın mı?"

"Bugün zihnine iyi baktın mı?"

"Bugün sevdiğin insanlarla konuştun mu?"

"Evet"ler çoğunluktaysa zamanını iyi değerlendirmek konusunda hiç de fena olmadığın söylenebilir. Giderek ustalaşabileceğin yolunda umut bile vaat ediyorsun.

"Hayır"lar çoğunluktaysa hesaplar çöküyor demektir yol arkadaşım. Sana her gün bonkörce sunulan serveti farkında bile olmadan ziyan ediyorsundur. Bir an evvel hesaplarına el koyup engelleyemediğin kaçağın önüne geçmelisindir.

Peder Augustinus'a sormuşlar "Zaman nedir?" diye.

O da cevap vermiş:

"Sorulduğunda ne olduğunu tarif edemediğimiz ama sorulmadığında ne olduğundan emin olduğumuz şeydir."

Dolayısıyla zamanın ne olduğunu, neden değerli olduğunu, ne ifade ettiğini anlatmak için çabalamayacağım burada.

Çünkü hiçbir tarife sığmıyor. Ancak sen zaten ne olduğundan eminsin. Kaybetmekten en çok korktuğun şeylerden biridir aslında... Çünkü telafisi yok.

Tıpkı "can" gibi...

Bir kez terk edip gittikten sonra bedeni, geri dönmüyor artık.

Çoğumuz zamanımızı farkında olmadan boşa harcıyoruz. Nasılsa her gün 1440 dakika yatıyor ya hesaba... Yarın telafi ederiz umuduyla sündürüyoruz yol açtığımız ziyanı... Oysa o günün 1440 dakikası ertesi güne devretmiyor ne yazık ki...

Gözünü açtın, açtın...

Giden dakikayı geri döndüremezsin.

"An"ların farkında olmayı tam da bu yüzden çok önemsiyorum işte. Biriyle sohbet ederken dinler gibi yapmıyorum, kendimi veriyorum ona. Kitap okurken yarını planlamıyorum. Olmayacak işler peşinde koşmuyorum. İnsanların ne yaptığıyla ne söylediğiyle ilgilenmiyorum. Kavgaya bulaşmıyorum, dünya malına düşmüyorum. Tüketerek rahatlama deliliğine kapılmıyorum. Zamanımın birkaç damla bile olsa sızıp dışarıya akacağı bütün çatlakların mümkün mertebe önüne geçmeye çalışıyorum. Her gün muhakkak yeni bir şeyler öğrenmeye çalışıyorum. Yabancı dillere ilgi duyuyorum. Her gün yeni kelimeler öğrenmeden yatağa girmiyorum. Okuyorum, araştırıyorum, öğreniyorum. Sevdiklerimi dinliyorum, dertlerine ortak oluyorum, çareler arıyorum, çözümler buluyorum. Tanımadığım insanlara yardım ediyorum. Onların hikâyelerini kendime tecrübe edip heybeme atıyorum. Başkalarına ve kendime küçücük de olsa hayrımın dokunmadığı gün, çatlaktan sızıp gitmiş geri döndürülemez bir gündür benim için.

Kovanın dibindeki çatlak ne kadar ince olursa olsun içindeki su bir zaman sonra tamamen boşalmış olacaktır.

Çoğu insan "Zamanım yok!" diye yakınır ama zaman aslında yeterli miktarda vardır. "Zamanım yok!" demek aslında "Zamanı organize edemiyorum!" demektir.

Bak bu kitabı yazdığım şu zamanlar en yoğun olduğum zamanlarım... Üç gün süren yoğun ve yorucu bir kamptan yeni döndüm. Katılımcı sayımız hayli yüksekti ve hepsiyle yakından ilgilendiğim için çok yoruldum. Üstelik bu ay tam sekiz seminer verdim şehir dışında. Pandemi kısıtlamalarının kalkmasından sonra başlayan yoğun süreç beni her zamankinden daha fazla yoruyor. Ama her nereye gidersem gideyim sabah saat altıda bilgisayarımın başına oturuyorum ve en az iki saat üç saat ara vermeden sadece yazıyorum. Sabah saatlerimi uykuda geçirmek yerine kitabımla geçirmeyi tercih ediyorum. Seminerlerden, kamplardan ve şehir dışı seyahatlerinden sonra bir iki günümü uykuya ve dinlenmeye ayırmayı tercih etsem muhtemelen "Hiç zamanım yok!" diye yakınanlardan olacağım. Kitap yazmaya vakit ayıramamaktan yakınacağım. Bedenine, zihnine ve ruhuna hükmedebilen herkes zamanını iyi organize edebilir. Diğerleri rüzgârda savrulan yapraktır zaten...

Zaman kavramıyla nasıl bir ilişkin olduğunu tanımlamakta zorlanıyorsan sana başka açılardan bakmayı da önerebilirim.

Mesela zamanla ilgili kullandığın kelimelere dikkat et!

"Zaman öldürüyoruz işte."

"Zamanla yarışıyorum adeta."

"Zaman tanıyorum."

"Böylece zaman kazanıyorum."

"Zaman uçup gidiyor."

"Zaman harcıyoruz."

"Zaman kaybediyoruz."

"Zaman geçmek bilmiyor."

Zamanı öldürdüğünü ya da zamanla yarış halinde olduğunu ifade eden ve bunu iliklerine dek yaşayan birinin zaman hesabını iyi yönettiğinden söz edebilir miyiz?

Mümkün değil...

Zamanı doğru değerlendirebilmenin en etkili ve en sağlıklı yollarından biri insanın sevdiği işi yapmasıdır. Başka yolu yok mu?

Var...

En azından sevdiği işi yapana kadar yapmakta olduğu işi sevmesi ya da işinin sevebileceği yönlerine odaklanması da kötü bir seçim sayılmaz.

Eğer bir işi yaparken zaman duygusunu kaybediyorsan, zaten sevdiğin iştesindir.

Tam da bu pencereden bakarken okumanı istiyorum anlatacağım hikâyeyi. Bak bakalım sence zaman hikâyenin iki kahramanı için de aynı mı geçiyordur?

Ortaçağda bir katedralin inşaatında çalışan iki işçiye ne yaptıklarını sormuşlar.

Biri, "Sürekli taş taşıyorum ve yamuk olanları kesip dikdörtgen bloklara dönüştürüyorum..." demiş. Diğeri ise "Bir katedral inşa ediyorum" karşılığını vermiş.

Sen yaptığın işte hangi duyguya ya da hangi bakış açısına yakın bir cevap verirdin?

Her gün mecburen gidip geldiğin sıkıcı ve zor bir işin içinde misin?

Bir üretime katkı sağladığın, iyi bir sonuçta payı olan emektarlardan mısın?

> *"Hayatta en değerli olan zamandır. Kime hediye ettiğine dikkat et."*
>
> – Özdemir Asaf

Öğrencilerine hayat üzerine bir ders vermek düşüncesiyle sınıfa giren profesör, hiçbir şey söylemeden, kürsünün üstüne büyükçe bir kavanoz koyar.

Ardından kavanozu tenis toplarıyla doldurur ve öğrencilere kavanozun dolup dolmadığını sorar. Öğrenciler, hep bir ağızdan kavanozun dolduğunu söylerler.

Bu kez profesör içi çakıltaşlarıyla dolu bir torba çıkarır ve torbanın içindeki taşları da kavanoza döker. Öğrenciler şaşkın...

Profesörün ne yapmaya çalıştığına bakıyorlardır merakla.

Profesör kavanozu çalkalayarak taşların tenis toplarının arasındaki boşlukları doldurmasını sağlar ve "Kavanoz doldu mu çocuklar?" diye sorar bir kez daha.

Öğrenciler yine bir ağızdan cevap verirler.

"Evet doldu!"

Profesör bu defa içi kum dolu bir torba çıkarır ve torbanın içindeki tüm kumu kavanoza boşaltıp çalkalar. Böylece kumlar tenis topları ve çakıltaşlarıyla dolu olan kavanozdaki ince boşlukları da doldurur.

Profesör bir kez daha sorar sınıfa:

"Kavanoz doldu mu çocuklar?"

"Evet, doldu..."

Bunun üzerine profesör bir öğrencisini kantine gönderip iki fincan kahve almasını rica eder. Gönüllü bir öğrenci koşarak sınıftan çıkar ve kısa bir süre sonra iki fincan kahveyle geri döner.

Öğrencisinin elinden kahveleri alan profesör bu defa kahveleri kavanoza boşaltıp çalkalar ve yine sorar:

"Kavanoz doldu mu çocuklar?"

Ve şaşkınlıktan gözleri büyüyen öğrenciler bir kez daha aynı cevabı verirler:

"Evet doldu!"

Profesör başını sallar gülümseyerek. Tenis topları, çakıltaşları, kum ve kahve dolu kavanozu iki eliyle kaldırarak sınıfa gösterir ve şöyle der:

"Bu kavanoz sizin hayatınızı simgeliyor çocuklar. Tenis topları hayatınızdaki önemli şeylerdir. Aileniz, çocuklarınız, sağlığınız, arkadaşlarınız ve sizin için önemli olan her şeydir. Diğer şeyleri kaybetseniz de bu önemli şeyler kalırlar ve hayatınızı doldururlar. Çakıltaşları ise daha az önemli olan şeylerdir. İşiniz, eviniz, arabanızdır mesela. Kum ise geriye kalan bütün ufak tefek şeylerdir işte...

Eğer kavanoza önce kum doldurursanız çakıltaşlarına ve özellikle de tenis toplarına yeterli yer kalmaz. Aynı şey hayatınız için de geçerli... Vaktinizi ve enerjinizi ufak tefek şeylere harcarsanız, israf ederseniz, önemli şeyler için vaktiniz kalmaz. Dikkatinizi mutluluğunuz için değer taşıyan önceliklerinize çevirin.

Çocuklarınızla oynayın.

Sağlığınıza dikkat edin.

Eşinizle yemeğe çıkın.

Evinizin ihtiyaçlarını karşılayın.

Yani öncelikle tenis toplarını kavanoza yerleştirin. Önceliklerinizi, sıraya dizmeyi iyi bilin. Çünkü gerisi hep kumdur."

Bu sırada öğrencilerden biri elini kaldırıp söz ister.

"Peki o iki fincan kahve neydi hocam?" diye sorar.

Profesör gülerek yanıtlar:

"Ah işte ben de bu soruyu bekliyordum..." der. "Hayatınız ne kadar dolu olursa olsun, her zaman dostlarınız ve sevdiklerinizle birer fincan kahve içecek kadar yeriniz vardır. O iki fincan dostlarınızla keyifle içeceğiniz kahvedir."

Demem o ki zaman değerlidir yol arkadaşım. Bu yüzden zamanı organize edebilmek çok ama çok kıymetli bir sorumluluktur. Kendine karşı en büyük ödevin ve muhakkak ödemek zorunda olduğun borcundur. Ne saniyeleri küçümse ne günleri...

"Nasılsa sonra yaparım, bir iki saat beklesin ne olur ki, yarına kalsın sorun değil, önümüzde daha uzun yıllar var..."

Bu türden düşüncelere kapılıp tuzaklar kurma kendine.

Bir iki haftanın değerini anlamak istiyorsan erken doğum yapmış bir anneyle konuş bakalım ne diyecek?

Bir günün değerini anlamak istiyorsan doğum gününü kutlamayı bekleyen bir çocukla konuş.

Bir saatin değerini anlamak istiyorsan bitirme sınavına çalışmadan giren öğrenciyle konuş. Bir dakikanın değerini bilmek istiyorsan boğulmak üzereyken kurtarılan insanlarla konuş. Bir saniyenin değerini anlamak istiyorsan trafik kazasından kıl payı kurtulanlarla konuş. Bir salisenin değerini bilmek istiyorsan olimpiyatlarda gümüş madalya kazanan sporcuyla konuş, sana saliselerin, dakikaların, saatlerin, günlerin değerini anlatsınlar.

Bir saliseyi bile gözden çıkarma derim bu yüzden. Hiçbir şeyi erteleme...

Sevdiklerini ziyaret et, onları ara, nasıl olduklarını sor ve sohbet et. Onları ne çok sevdiğini söyle. Yılda sadece bir ya da iki kez gelme ihtimallerine karşılık sakladığın çay takımlarını çıkar artık. Nefis bir çay demle kendine, misafirlik takımlarınla iç. Hava almak için güneş açmasını bekleme. Yağmur da olsa, rüzgâr da çıksa, serin de olsa at kendini dışarı. Yağmurda ıslan, karda oyna, bırak uçuşsun saçların rüzgârda.

"Zamanım yok!" bahanesine sığınma. Dünya gailesi oyalamasın seni. Bugün hesabına yatan 1440 dakika yarına devretmeyecek. İyi değerlendir. Hiçbir şeyi erteleme. "Canım şu da yarına gelsin..." deme. Çünkü bugün de dünün yarınıydı.

16. KURAL

BİR AN BEKLE, ARKANA DÖN VE UNUTTUKLARINI ANIMSA. KAYBETTİYSEN ARA, KIRDIYSAN AF DİLE, KIRILDIYSAN AFFET, ÇÜNKÜ HAYAT ÇOK KISA.

Affetmemek, insanın kendini hayatın içinde hâlâ değerli bir yere konumlandıramamış olmasıyla ilgili biliyor musun?

Dışarıdan bakınca sanki tam tersiymiş gibi geliyor kulağa biliyorum. Kendine çok değer verdiği için, başına her ne geldiyse bütün bunları hak etmeyecek kadar iyi bir insan, dost ya da sevgili olduğu için ona haksızlık edeni affedemiyor sanıyoruz ama işin aslı öyle değil.

Kendine değer veren, özsaygısı yüksek, özgüveni sağlam, akıllı ve sağlıklı bir insan, başkalarının tutumlarıyla ya da kararlarıyla ilgili hiçbir meseleyi kendi sırtına yükleyip ömür boyu taşımaz. Başkasının yaptığı ya da yapmadığı, söylediği ya da söylemediği bir şeyi kendiyle ilişkilendirmez. Bunun onunla ilgili ve kendi içinde çözemediği birtakım hezeyanlarla ilgili olduğunu bilir ve anlar. Dolayısıyla ona karşı duygusal tepkiler geliştirmez. Eğer yaptığı ya da söylediği şeylerden zarar görüyorsa, bunu bir daha yapmasına fırsat vermez, hepsi bu.

"Affedememek" düşüncesine saplanıp kalmak kişisel bir seçimdir, karşı tarafla hiç ilgisi yoktur. Kendine değer vermediğin için olan ya da olmayan bir şeyden dolayı aşağılandığını hissediyorsundur, özgüvenin zayıf olduğu için yine olan ya da olmayan bir şeyden dolayı haksızlığa uğradığına inanıyorsundur. Bütün bunlar kendi seçimin, kendinle ilgili kendi başına verdiğin kararlar, uyguladığın hükümler. Başkası bütün bunlara yol açamaz çünkü...

Hatta sana yüksek ihtimalli bir olasılıktan söz edeyim mi?

Karşı taraf, onu affedemediğinden habersiz dahi olabilir!

Affedemediğini öğrendiğinde bile, bunun neden olduğunu kendi de bilmiyor olabilir!

Yani affedemeyerek kimseyi cezalandıramazsın. Kendine çok zaman kaybettirir, gücünden yer ve aslında benliğini olmayan yüklerin altında bırakırsın.

Demem o ki senin kendine ettiğini kimse edemez sana.

Affedemediklerin bile...

Yakın bir zaman önce çok keyifli bir karşılaşma hatta bir o kadar da komik bir olay yaşadım. İşin doğrusu bu yazıyı da yaşadığım o karşılaşma üzerine kaleme almaya karar verdim.

Çok sevdiğim bir arkadaşım vardır. İşlerimizin yoğunluğundan dolayı öyle sıklıkla bir araya gelip vakit geçirmeye fırsat bulamayız ama araya ne kadar zaman girerse girsin hep bir telefon mesafesi kadar yakınızdır. Aylarca görüşmesek bile bir telefonla hemen buluşur, sanki yarım saat önce ayrılmışız gibi kaldığımız yerden devam ederiz hayata. Birbirimizin arkadaşlığına, samimiyetine güvenimiz tam yani...

Ancak çok ilginç bir şey olmuş ve benim bundan hiç haberim olmadığı için duruma müdahale edemedim tabii...

Arkadaşım bir gün oturmuş ve bana uzun bir mail yazmış. Güzel şeyler anlatmış, sorular sormuş, planlar yapmış, projeler düşünmüş vs.

Ben mailine cevap vermeyince ciddi ciddi küsmüş. İsmimin üstüne bir çizik atmış. Hatta benden ses çıkmadıkça daha da sinirlenmiş. Bana duyduğu öfke giderek büyümüş. "Hayatım boyunca affetmeyeceğim onu, meğer her şey yalanmış!" noktasına kadar varmış iş.

Tabii ki çok üzgün hissetmiş, hayal kırıklığı duymuş, hüzünlenmiş... Diğer arkadaşlarıyla da görüşmek istememiş. "Bunların hepsi aynı, bugün varlar yarın yoklar!" diye düşünmeye başlamış.

Çok geçmeden ortak arkadaşlarımızla aynı ortamda bir araya geldik zaten. Hepimiz sarmaş dolaş olduk yine. Görüşemediğimiz günlerin tadını çıkarıyoruz, sohbet ediyoruz. İçlerinden birinin hiç tadı yok ama...

"Çok özledim seni..." diyerek gittim yanına. "Neden keyifsizsin böyle, anlatmadığın bir şey mi var?" diye sordum. Çünkü her zaman sadece bir telefonuna bakar beni çağırması ve benim lafını ikiletmeden yanına gitmem.

"Ben sana küstüm!" dedi.

Şaka yapıyor sandım önce.

"Hadi bırak şimdi şakayı da neler olduğunu anlat bana..." dedim.

Mailine cevap yazmadığım için hayata nasıl küstüğünü anlattı, inanamadım. Dostluk, arkadaşlık, yol arkadaşlığı kavramlarını baştan aşağı sorgulamış, hepsinin hükümsüz olduğuna karar vermiş benim cevabını yazmadığım bir mail yüzünden.

"Bana böyle bir mail gelmedi senden..." dedim.

İnanmadı.

İkimiz de maillerimizi açtık bunun üzerine. Söylediği tarihi kontrol ettik...

Meğer yollamayı becerememiş, mail de taslak bölümüne kaydolmuş.

"Şimdi otur dostluk, arkadaşlık, yol arkadaşlığı kavramlarını bir kez daha sorgula bakalım ne sonuca varacaksın?" diye karşılık verdim gülümseyerek.

Bunca zamandır boş yere üzülmüş, bana küsmüş, hatta bana kızmış, üzerimi silmiş, arkadaşlık kavramının içini boşaltmış, diğer arkadaşlarıyla da olan ilişkisini anlamsızlaştırmıştı. Yaşadığı duygusal gelgitlerin hiçbir anlamı yoktu. Lüzumsuz bir yorgunluk ve kırgınlık içindeydi. İşin aslı ortaya çıktığında da mutlu hissetmedi kendini. Hiç yaşanmamış bir olayın travması sürüp gidiyordu içinde. Duygusal ve zihinsel olarak o maili yazdığı günkü coşkusuna, inancına ve neşesine geri dönemedi hemen. Bu kez kendi tabiriyle "aptallığını" affedemedi.

"Çık artık oradan..." dedim. "Unut bunları, geç üzerinden, devam edelim hayata."

Hani derler ya "Öfke, zehri kendin içip karşı tarafın ölmesini beklemektir..." diye. Ben aynı cümleyi affedememekle ilgili kurmayı da doğru buluyorum.

"Affedememek, zehri kendin içip karşı tarafın ölmesini beklemektir."

Emin ol ki bu noktada senden başka kimse zarar görmez.

Dolayısıyla kıymetli olan da mantıklı olan da sana ait olmayan bu yükü bir an evvel sırtından indirip yoluna devam etmen, yani affetmendir.

Affetmek de yine onunla değil seninle ilgilidir. Kendine yönelik olumlu bir tercihtir, hatta kendine yapabileceğin en büyük iyiliktir. Çünkü affetsen de affetmesen de karşı taraf bu oyunun içinde zaten yok.

Tabii ki kimse sana zarar veremez. Kimsenin bunu yapmaya hakkı yok.

Zarar gördüğün bir sonuç ortaya çıkmışsa eğer, affeder gönderirsin, bir daha aynı şeyi yapmasına fırsat vermemiş olursun.

Hayat boyu sana yaptıklarının trajedisini tekrar tekrar yaşayıp durmana gerek yok. Bütün bu olanlar yüzünden başkalarını cezalandırman da çok saçma olur. Aynı mağduriyeti bir kez daha yaşamaya fırsat vermemek son derece akıllıca değil mi sence de? Karşılıksız duygusal hesaplaşmalara girmek insanın kendi gölgesiyle dövüşmesi değil de ne?

Affetmek, yapılanı onaylamak demek değildir, "Bir daha olmasına izin vermeyeceğim..." demektir. Olmuş bitmiş ve bir daha olmayacağı kararına varılmış bir meseleyle ilgili öfke, kin, nefret, intikam gibi tek taraflı ve yıkıcı bir sürecin tuzağına düşmemektir. O konuyla ilgili hissizleşmek, aslında en güzel özgürleşme biçimi değil midir?

Nâzım Hikmet'in çok güzel bir şiiri vardır, hatırlar mısın?

"Büsbütün unuttum seni eminim
Maziye karıştı şimdi yeminim
Kalbimde senin için yok bile kinim
Bence sen de şimdi herkes gibisin..."

Ne kadar anlamlı değil mi?

"Sen de herkes gibisin..." demek aslında oradaki duyguya nötrleşmek, hissizleşmek demek. Nasıl ki sokakta karşılaştığın insanlara küsmek, kızmak, öfkelenmek, onlardan nefret ve intikam almak gibi hisler beslemen için bir sebebin yoksa, aslında onunla ilgili de aynı hisleri beslemeye bir sebebinin kalmaması demek. "Herkes gibisin..." demek sana karşı olumlu ya da olumsuz yoğun duygular geliştiremiyorum demek.

Yapılan hatayı mazur görmekten söz etmiyorum, o hatanın bedelini kendine ödetmenden söz ediyorum. Karşı tarafı cezalandırmak isterken kendini cezalandırıyor olduğuna dikkat çekiyorum. Bir çocuk sobaya yanlışlıkla dokunup canı yandığında sobadan nefret etmez ama araya mesafe koyar ve temkinli yaklaşır bundan sonra. Elinin ikinci kez yanmasına izin vermez. Sobadan alacağı intikam duygusuyla yaşıyor olsaydı bunun hiçbir anlamı olmadığını anlatırdın ona değil mi? Sobaya odaklanmaktan vazgeçip şu hayatta keşfedeceği daha bir dolu şey olduğundan söz ederdin değil mi?

Evet...

Aynı şeyi şimdi kendine de yap ve affet... Hayatta keşfedeceğin daha pek çok şey var. Sobanın peşini bırak.

> *"Affetmek ve unutmak*
> *akıllı insanların*
> *intikamıdır."*
> – Goethe

Bir gün bir felsefe profesörü ders verdiği sınıfa duygusal ve zihinsel yüklerin insana ne kadar zarar verdiğini anlatabilmek için ilginç bir örnek vermiş.

Ağzına kadar suyla dolu cam bir şişe almış eline. Öğrencilerden birine uzatıyor gibi kaldırmış sonra ve beklemeye başlamış.

"Bakın çocuklar..." demiş. "Şişeyi bu şekilde rahatlıkla tutabiliyorum ama kolumdaki baskı zaman geçtikçe artıyor. Bu baskıya elimden geldiğince dayanmaya çalışıyorum."

Birkaç dakika sonra profesörün kolu öyle ağrımaya başlamış ki artık dayanamayacak noktaya gelmiş ve indirmiş şişeyi.

Öğrenciler profesörün yüzünden okuyabiliyorlarmış ne kadar ağrı ve acı çektiğini... Kolunu kımıldatamamış bile.

"İşte acı ve ıstırap budur..." demiş profesör. "*Bırakmamak, kurtulmamak, affetmemek insanı yorar, zaman kaybettirir, acı çektirir, yolundan alıkoyar ve bütün bunlar boşuna olur.*"

Sen de eline su dolu bir şişe al ve on dakika boyunca havada tutmaya çalış bakalım neler olacak? Emin ol şişeyi indirmediğin için kolunda duyacağın acı, affetmediğin için kendinde açacağın yaralardan daha ıstıraplı olmayacak. Ve bütün bunlar boşuna olacak. Çünkü seninle savaşan bir düşman bile yok ortada... Kendi kendine yapıyorsun. Kendi önünden çekil.

17. KURAL

AYNI DİLİ KONUŞANLAR DEĞİL, AYNI DUYGUYU PAYLAŞANLAR ANLAŞIR.

İnsanın içinde olup bitenler, sahip olduğu kelime dağarcığıyla tarif edilemeyecek kadar büyük ve geniştir. Yaşadığı, deneyimlediği ve hissettiği şeyleri hiçbir şekilde yeterince karşılayamaz bildiği kelimeler. İçerideki o uçsuz bucaksız evreni, sayısız duygu durumunu ve dalgalanmaları, dilimizdeki sayılı kelimelerle başkalarına tam olarak aktarabilmemiz mümkün değil...

"İnsan ne yaşadığını ancak kendi bilir..." der ya hani büyüklerimiz tam da öyledir sahiden. İnsan ne yaşadığını ancak kendi bilir. İçerisi her zaman çok daha büyüktür ve kelimelerle resmi çizilemez. Sadece ve ancak tahayyül edilebilir. Bunun için de ortak zenginliklere değil ortak yoksunluklara sahip olmak gerekir.

Bütün mutluluklar birbirine benziyor gibi görünür. Ancak hiçbir hüzün diğerininkiyle kıyas götürmez. Hangi kederin kimde nasıl tezahür ettiğiyle ilgili küçücük de olsa fikir yürütmemiz imkânsız. Kederler parmak izleri gibidir. Mutluluk her ne kadar gözle görülebilir bir ifade biçimine sahip gibiyse de, keder bir o kadar nevi şahsına münhasır ve tarif edilemezdir.

Ortak zenginlikler, yüksek ortak zevkler, ortak başarılar, ortak zaferler, alışkanlıklar, keyifler, tercihler, ortak eğitim, ortak yabancı diller, ortak kültürler, ortak siyasi görüşler, toplumsal fikirler insanları birbirlerine yakınlaştırabiliyor, işbirlikleri kurmalarına ya da dostluklar oluşturmalarına elbette fırsat sunuyor. Ancak kurulan dostlukların, yakınlaşmaların, ilişkilerin sürdürülebilirliğinde yüksek ortaklıkların değil, ortak yoksunlukların payı vardır.

İnsanın aklıyla öğrenip kalbiyle anlaması gibidir tıpkı...

Ortak yoksunluklarda, ortak duygularda anlayış ve derinlik vardır. Kelimelerin tarif edemediğini, söze hacet kalmaksızın aktarır ortak duygular.

> *"Bütün mutlu aileler*
> *birbirine benzerler*
> *ancak her mutsuz*
> *ailenin kendine özgü bir*
> *mutsuzluğu vardır."*
>
> – Tolstoy

Bir gün bir bilge, kendi köyüne dönerken birlikte uçmayı tercih eden iki kuşa dikkat kesilir. Bir karga ve bir leylek, sürülerinden ayrılmış birlikte süzülüyorlardır gökyüzünde. Olacak şey değildir, ister istemez meraklanır bilge. Durup ikisinin uçuşunu izler bir müddet. Karga neden karga sürüsüyle vakit geçirmiyordur acaba? Leylek neden kendi sürüsüyle göçe koyulmamıştır şimdiye kadar? İkisi neden birbirinde karar kılmışlardır uçmak için?

Bilge oturup izlemeye karar verir kuşları. Neyse ki bir zaman sonra bir ağacın tepesine konarlar. Bilge yavaşça yaklaşır yanlarına. Başını olumsuz anlamda sallıyordur hâlâ.

"Hayır..." der. "Mümkün değil. Görülmüş şey değil. Bir kargayla leylek kendi sürüsünü terk edip birlikte uçamaz. İmkânsız."

Bilge, gözünün gördüğünü ısrarla inkâr etmeye devam eder, ta ki ikisinin de topal olduklarını fark edinceye kadar. Karga da topaldır aslında leylek de... Onları bir arada tutan şey ortak yoksunlukları daha doğrusu söze lüzum kalmaksızın birbirlerini anlamaya yeten ortak duyguları olmuştur.

Ortak duygulardan söz ederken, ortak acılardan mustarip kurbanların bir araya gelip birbirlerini teselli etmesinden, kederli yol arkadaşlıkları kurmasından söz etmiyorum. Mevlana da ortak acılara değil, duygulara dikkat çeker.

Duygusal ortaklıklarda güç ve dayanışma vardır çünkü. Çözüm odaklılık ve sürdürülebilirlik vardır. Güven ve destek vardır.

İnsan insana duygularıyla bağlıdır. Hayatında daha önce hiç görmediğin, dilini bilmediğin, kültürüne yabancı olduğun biriyle hiçbir şekilde iletişim kuramayacağını düşünürsün ama onun tıpkı seninki gibi bir hikâyeye sahip olduğunu öğrendiğinde omzuna koyarsın başını ve bu sizi ölünceye dek bir arada güçlü tutmaya yeter. Bir anda başlayıp sonsuza dek sürebilecek kadar güçlü bir bağdan söz ediyoruz.

Sakın yanlış anlama beni!

Acılarına ortak ara demiyorum... Sadece her zaman sözlerin daha güçlü olduğu yalanına aldanma diyorum. Konuşarak anlaşmak, iletişim kurmak elbette çok değerlidir. Bu akıl yoluyla elde ettiğin bir öğrenme biçimidir. Akıl sadece iyi bilir, iyi öğrenir ama anlamaz. Bunun için kalbine ve sezgilerine ihtiyacın var. Aklın üstünlüğü seni sadece başarılı kılar, ancak mutluluk ve anlam duygularında, sezgilerinde yani kalbinin gücündedir.

18. KURAL

KÜLE DÖNDÜYSEN, YENİDEN GÜLE DÖNMEYİ BEKLE VE GEÇMİŞTE KAÇ KERE KÜLE DÖNÜŞTÜĞÜNÜ DEĞİL, KAÇ KERE YENİDEN KÜLLERİNİN ARASINDAN DOĞRULUP YENİ BİR GÜL OLDUĞUNU HATIRLA.

Eleştiri!

Çok önemli bir meseledir.

Üzerinde uzun uzadıya çok bakış açılı düşünmek, tartışmak, sorgulamak gerekir. Maruz kalan açısından da yapan açısından da hafife alınacak bir konu değil çünkü sonuçları çoğunlukla yıkıcı olabilmektedir.

Çok iyi niyetliymiş gibi önümüze sürülen eleştirilerin bile çoğu zaman aslında ne kadar sarsıcı ve yıkıcı olduklarını, çok da iyi niyetli olmadıklarını sonradan fark ediyoruz ya da hiç fark edemeyip tesiri altında kalıyoruz.

Eleştiri, bilgiyle ve kültürle çok doğru orantılıdır. Bilgi sahibi olmadan fikir sahibi olan insanların eleştirilerine maruz kalmanın elbette ki yıkıcı etkileri daha yüksek olacaktır çünkü zaten bilgisizliklerinden dolayı genelde dürtüsel davranacakları için çok da yapıcı ve iyi niyetli olmayacaklardır.

Yıkıcı ve iyi niyetli olmayan eleştiriler konusu üzerinde neden özellikle duruyorum biliyor musun?

Çünkü her ne kadar etkilenmemeye bilinçli olarak dikkat etsen de insan zihni zehri bir kez aldıktan sonra onunla mücadele etmek zorunda kalır. Zihin, hep o olumsuz ihtimali, o olumsuz durumu düşünüp kendince tedbirler almak yoluna gidecektir ve bu da atmaya hazır olduğun adımların ya hızını kesecektir ya da yönünü değiştirmene sebep olacaktır.

Belki bir daha yeni yollar yürüme isteğine bile karşı çıkacaktır, buna izin vermeyecektir. Bazen dış sesler içindeki sesten çok daha yüksek çıkabilir. Hayatın böyle süreçleri de var ne yazık ki. İhtiyacın olan desteği, onayı ya da yardımı göremediğin gibi en güvendiklerinin bile karşına dikildiği, yoluna taş koyduğu, seni zalimce eleştirdiği bir karşı duruma maruz kalabiliriz.

Bu deneyim daha çok ne zaman yaşanır?

Sen rutini kırmaya karar verdiğinde.

Yeni bir şey yapmak istediğinde.

Bir hayalini gerçek kılmaya cesaret ettiğinde.

Doğru bilineni tersine çevirmeye kalkıştığında.

Eski köye yeni âdet getirdiğinde.

Sürünün dışına çıktığında.

Senden bekleneni değil de içinden geleni yapmayı seçtiğinde.

Yani aslında kendi devrimine kalkıştığın an onay almak, destek görmek yerine yüksek ihtimalle eleştiriyle, hatta yıkıcı eleştirilerle karşılaşırsın. Çünkü bazen sevdiklerin bile senin kendi hayatının kahramanına dönüşmenden imtina edebilirler, çekinebilirler.

Neden?

Çünkü bu kontrolü tamamen kaybetmeleri demek olur. Seni korumak için bile seni kontrol edebilmeye ihtiyaçları olduğuna inanırlar. Sen gözden kaybolursan, çitin dışına çıkarsan, kanat takıp uçarsan, onların güvenli alanından uzaklaşırsan seni koruyamamaktan korkarlar. Bu açıdan bakınca onların da kötü niyetli olmadıklarını söyleyebiliriz aslında. Ancak seni korumak adına öne sürdükleri eleştirilerin, bunu neden yapmaman gerektiği yolunda karşına seninle ilgili çıkardıkları olumsuz kalıpların hayatının geri kalanını nasıl da yok edeceğini öngöremezler.

"Sen bunu yapamazsın çünkü çok duygusalsın."

"Sen kim bu kararı vermek kim, çok üzülürsün çünkü zayıfsın."

"İyi birisin ama çok da güçlü sayılmazsın."

"Fazla safsın, hayal kırıklığına uğraman an meselesi."

"Hiç girme o işe, senden daha yetenekli binlercesi mücadele ediyor bunun için, sana mı kaldı?"

"Eğitimin ve vizyonun buna yetmeyebilir, çok iyi eğitimli insanların kulvarı burası. Vakit kaybetmene bile değmez."

"Yabancı dilini geliştirsen daha fazla şansın olurdu ama bu saatten sonra çok geç artık."

"Çok önceden başlamalıydın o işe, şimdi savaşsan ne olur, hiçbir şey."

Ya yeterince eğitimli değilsindir, ya alternatifin çoktur, ya rakiplerin zehir gibidir, ya geç kalmışsındır, ya duygusalsındır, ya çok safsındır, iyi niyetlisindir yani ille bir şekilde senin çitleri aşıp dışarı çıkman çok ama çok tehlikelidir. Yerinde durman en iyisidir. Öyle iyi niyetli eleştirilirsin ki sonunda bunları haklı bulur, eleştirileri olduğu gibi kabul eder, çitleri açmanın riskli olduğuna ikna olursun. Çitlerin sınırları kadar bir dünya kurarsın kendine. Dedikleri kadar safsındır, eğitimsizsindir, rakiplerin güçlüdür, alternatifin çoktur. Sen de çitlerin sınırları içinde kalmayı güvenli bulursun belki bir süre sonra. Ortada sorun kalmaz.

Ancak asıl büyük savaş ve asıl büyük zafer çitlerin dışında yaşanır.

Dünya karşısında durduğu halde, ne istediğinden son derece emin olabilenler de var bu hayatta.

Ne olursa olsun, eleştirilere boyun eğmeyen, her birine kulak tıkayan ve katiyen hiçbirini içselleştirmeyen kahramanlardan söz ediyorum. Ne onaya ihtiyaç duyar onlar ne de işittikleri eleştirileri kabul edip benimserler.

Eleştirileri engel olarak değil, önlem olarak dinlerler.

– Rakiplerim çok mu güçlü?

O halde ben de boş durmam. Daha çok çalışırım.

– Duygusallık bir dezavantaj olabilir mi?

O halde daha kontrollü davranırım.

– Alternatifim çok mu?

Fark yaratabileceğim alanlara odaklanabilirim.

Onların kimsenin onayına ihtiyacı yoktur. Keşke destek bulabilseler ama ziyanı yok. Sorun değil. Eleştirilere karşı temkinli olmaları bile yeterince güçlü kılar onları. Küllerinden yeniden ve yeniden doğabilenlerdir onlar. Herkesten fazla yenilmişlerdir çünkü herkesten daha fazla başarabileceklerine odaklanmışlardır.

Ellerinde bir tane zafer vardır ama arkalarında binlerce hezimet bırakmışlardır.

Sadece senin başına gelmiyor yani... Yanıp küle dönen bir sen değilsin. Binlerce kez küllerinden doğanlar var bu hayatta. İnsanlık tarihine faydası dokunmuş olanların başarı hikâyelerini okuyoruz sadece... Oysa küllerinden defalarca nasıl doğdukları çok daha uzun ve ibretlik hikâyelerdir.

Yeri gelmişken bir tanesini aktarmak isterim hemen.

1850'li yıllarda hastanelerde doğum kliniklerinde gerçekleşen ölümlerin büyük kısmı enfeksiyonlardan kaynaklanıyordu. Enfeksiyonlara neden gösterilen en temel faktörlerden biri Miasma teorisiydi. Yani topraktan çıkan kötü gazlar.

Fakat Doktor Ignaz Semmelweis bu teoriye katiyen inanmıyordu. Viyana'nın en önemli kadın doğum hastanesinde göreve başladıktan sonra ölümlerin çok fazla olmasının nedenlerini daha yakından araştırmaya devam etti. Ölümlerin enfeksiyondan kaynaklandığı kesindi artık. Ancak enfeksiyona yol açan neydi?

Doktor Semmelweis, bir süre sonra önemli bir şey fark etti hastanede. Otopsiye giren doktorlar, buradaki işlerini bitirip doğum kliniğine girdiklerinde enfeksiyona bağlı ölüm oranı çok yükseliyordu. Oysa evde gerçekleşen doğumlarda ölüm oranı daha azdı.

Bunun üzerine Miasma teorisini daha da sorgulamaya başladı. Doktorlardan doğuma girmeden önce ellerini klorlu suyla temizlemelerini, eller klorla yıkanmadan hastaya katiyen dokunmamalarını istedi Doktor Semmelweis.

Sonra ne oldu tahmin edebilir misin?

Evet...

Doğum sonrası enfeksiyon oranı %2'lere düştü.

Doktorların ellerini klorlu suyla yıkamaları muazzam bir sonuç çıkarmıştır ortaya. Çok kıymetli ve çok büyük bir buluştu ameliyattan önce ellerin klorla yıkanması...

Doktor Semmelweis'e onur ödülleri verildiğini, yılın doktoru seçildiğini düşünüyor olabilirsin ama öyle değil maalesef.

Meslektaşları "Ameliyattan önce ellerinizi yıkayın!" koşulundan hiç hoşlanmadılar. Kimdi bu doktor, ne hadle söylerdi bunu, eski köye yeni âdet mi getiriyordu, bunca yıl sanki hiç mi doğum yaptırmamışlardı, ondan mı öğreneceklerdi ameliyata nasıl girmeleri gerektiğini, küstah, ukala, çokbilmiş, işgüzar...

Ve daha bir sürü şey işte.

Tahmin edersin.

Doktorun deli olduğunu bile iddia eden oldu. "Ne yani ellerimizin üzerinde yaşayan küçük canlılar mı varmış?"

Sonradan bu canlılara literatürde "mikrop" denecekti. Ancak ameliyattan önce ellerin yıkanması gerektiği iddiasında bulunan doktorun kafayı yemiş olduğuna çoktan kanaat getirilmişti. Üzerinde öyle ağır bir baskı vardı ki sonunda hastaneden ayrılmak zorunda bile kaldı. Doğduğu topraklara, Macaristan'a geri döndü.

El yıkama önerisi tamamen reddedildiği için doğum hastanesindeki enfeksiyona bağlı ölümler aynı şekilde artarak devam etti. Doktor Semmelweis, hastaneden ayrı olduğu dönemde evlendi, çocukları dünyaya geldi. Çok üzücüdür ki bir çocuğunu aynı sebepten kaybetti. Bu hazin vaka artık onu geri dönülemez şekilde harekete geçiren son nokta oldu. Bir kitap yazmaya karar verdi: *The Etiology, Concept, and Prophylaxis of Childbed Fever.*

Ancak tıp dünyası bu kitabı hiç iyi karşılamadı. Ne var ki kaybettiği çocuğunun acısını hâlâ içinde taşıyan Semmelweis baskılardan yılmadı ve Avrupa'daki tüm kadın doğum uzmanlarına, bu alanda çalışmalar yapanlara sert içerikli mektuplar yazıp göndermeye başladı.

Bu durumdan hiç hoşlanmayan otoriteler Doktor Semmelweis için hiç çekinmeden "Akıl sağlığı bozuk!" dediler. Hatta daha da ileri gidip onun bir akıl hastanesine kapatılmasını istediler.

Mücadelesinden vazgeçmeyen Doktor Semmelweis baskılar arttıkça tepkisini de artırdı ve sonunda zorla akıl hastanesine yatırıldı. Hastaneden çıkmaya çalışırken görevlilerle çok tartıştı. Ne yazık ki hastane görevlileri doktora hiç de nazik davranmadılar. Çıkan arbede sırasında sağ elinin ortaparmağı yaralanarak mikrop kaptı ve oluşan enfeksiyon doktorun bütün vücuduna yayıldı, henüz 47 yaşındayken hayata veda etti.

Onun bu acıklı ölümünden çok yıllar sonra Pasteur adında bir mikrobiyolog bakterileri keşfedince Doktor Semmelweis'in teorisi kabul gördü, Miasma teorisi sonlandı. Hastalıkların hangi yolla nasıl bulaştığı açıklandı. Artık mikrop teorisi kabul ediliyordu. Doktor Semmelweis'in buluşunun değeri çok sonradan anlaşıldı, ismi üniversitelere verildi, heykelleri dikildi.

Literatüre de yine onun adıyla yepyeni bir olgu daha dahil oldu.

Semmelweis Refleksi!

Hiç duydun mu?

Hiç tartışmadan, hiç sorgulamadan orijinal ve yeni fikirlere karşı çıkma refleksine Semmelweis Refleksi deniyor.

Demem o ki onayını beklediğin insanlar bile aslında yanlış olabilir.

Bazen sadece ailen, yakınların, arkadaşların değil, mücadele verdiğin alanın otoriteleri bile "yapamayacağını" söylerler sana.

Bütün bunların "yanlış" olduğunu hatta senin bir akıl hastanesine kapatılman gerektiğini bile savunabilirler.

Eğer mücadelesini verdiğin şeyden eminsen, bırak eleştiriyi delilikle suçlansan bile vazgeçme derim.

Dünyanın en prestijli bilim-sanat-edebiyat ödüllerinin hangisi olduğunu sorsam aklına hemen Nobel ödülleri gelir değil mi?

Haklısın.

Şu an bile baktığımızda bilimde de, sanatta da, edebiyatta da en prestijli ödüldür Nobel...

Şimdi bir noktaya dikkatini çekeceğim.

Verdiğim şu listeye bir bak lütfen.

Bu isimleri daha önce duydun mu hiç, tanıdıkların var mı içlerinde?

Rudolf Christoph Eucken, Sully Prudhomme, Frédéric Mistral, Henryk Sienkiewicz, Giosuè Carducci, Bjørnstjerne Bjørnson...

Duymadın mı?

Peki ya Tolstoy adını duydun mu?

Tabii ki duydun, elbette biliyorsun kim olduğunu, hatta kitaplarını bile okudun.

Tolstoy yaşarken bütün o isimler Nobel Edebiyat Ödülü'nü kucaklarken Tolstoy bu ödüle hiç layık görülmedi.

O çok meşhur Nobel Barış Ödülü, hiç silah sıkmadan ve hiç kan dökülmesine izin vermeden Hindistan'ı bağımsızlığına kavuşturan, adı hep barışla anıldığı halde Mahatma Gandi'ye verilmedi.

Yani yol arkadaşım, değerini onaylayacak olan otoriteler ya da kurumlar değildir. Hatta bu otoriteler ve kurumlar tıpkı

Doktor Semmelweis'e yaptıkları gibi delilikle bile suçlayabilirler seni. Mücadelenden vazgeçirmeye çalışabilirler.

Hatırla ki Mevlana da Şems-i Tebrizi'nin hocalığından sonra fikirlerini paylaştığında katı din adamları tarafından ağır eleştirilere maruz kaldı. Hıristiyan olmakla, kâfirlikle, hatta Moğol ajanı olmakla bile suçlandı. Yine de hiçbir zaman ne söylediklerinden vazgeçti ne de inandıklarından... Ve bugün hâlâ milyonlarca insan onun öğretileriyle yol alıyor hayatın içinde.

Sakın yılma eleştirilerden.

Sevdiklerin bile karşı çıkabilirler sana. İtiraz edebilirler yoluna, mücadelene, inandığın şeye... Defalarca çelme takabilirler. Tökezleyip çakılabilirsin yere. Güvenin kırılabilir, ihanete uğrayabilirsin, hayal kırıklıkları yaşanabilir, kayıplar gelebilir başa... Ama o tek zafer için bütün bu hezimete değebilir sonunda biliyor musun?

Bunu da ancak mücadelesine inanan cesur bir insan yapabilir.

Korkma!

Cesur ol.

Çünkü sadece cesur bir insan gerçekten sevebilir, kaybetmekten korkmaz.

Sadece cesur bir insan güven duyabilir, çünkü kanatlarına güvenir en çok, tutunduğu dala değil...

Sadece cesur bir insan kendi olabilir, onaylanmak ve kabul görmek için başkası olmak zorunda hissetmez, reddedilmek hayatın doğal bir sonucudur sadece onun için, sebebi değil...

Sadece cesur bir insan hakikat arayışına girebilir. Hakikat arayışı bilim değildir, yazılı kuralları yoktur, yolları belirsizdir. İnsan belirsizliği sevmez doğru. İnsan kesinlik ister daima. İnsan garantiye ihtiyaç duyar. Belirsiz yollar risklidir, cesaret ister.

Hakikat aramakla bulunan bir şey değildir belki ama bulanlar da hep arayanların içinden çıkmıştır.

O yüzden yola çıkmak bazen yoldan çıkmaktır.

Yola çıkmak düşmektir, kalkmaktır, yaralanmaktır.

Cesaretse, her şeye rağmen yolu bırakmamak ve hakikat arayışına devam etmektir.

Cesaretini hiç kaybetme yol arkadaşım.

19. KURAL

GÜL DÜŞÜNÜR GÜLİSTAN OLURSUN, DİKEN DÜŞÜNÜR DİKENLİK OLURSUN.

Meslek hayatım boyunca eğitimlerimde, seminerlerimde, sosyal hayatımda, hatta sosyal medyada bile hep aynı soruyla karşılaştım:

"Hakan Bey siz gerçekten hep bu kadar sakin misiniz?"

"Evet..." dediğimde yepyeni bir soru silsilesi daha başlar:

"Hep böyle sakinseniz şehirde yaşamıyorsunuzdur o zaman. Dağın tepesinde mi yaşıyorsunuz, ormanın içinde bir evde mi yaşıyorsunuz? Doğanın koynunda olmalısınız!"

Hayır!

Hiç insanlardan uzak, doğanın koynunda, izole bir hayat sürmüyorum. Hatta tam tersi, şehrin göbeğinde yaşıyorum. Hem de İstanbul'un en kalabalık, trafiğinin en yoğun olduğu, günün her saati yaşayan, kalabalık bir semtte oturuyorum. Ofisim de aynı semtte.

Ayrıca ofisim de hep kalabalıktır. Sürekli birileri gelip gider. Hiç boş kalmayız. Ayrıca hayatımın büyük bir bölümünü seyahatlerle geçiriyorum. Hep yollardayım, hep havaalanlarındayım ve hep uçaktayım.

"Buna rağmen sakinsiniz yani öyle mi?"

Evet, öyle.

Buna rağmen sakin, kavgasız, gürültüsüz, rahat bir insanım ve daha da iyi olmaya çalışıyorum.

Zaten mühim olan bütün bunlara rağmen sakin ve stressiz bir yaşam sürebiliyor olmak değil mi?

Orman evinde bir başına yaşarken sakin kalmak kolay. Bunu herkes yapabilir. Ben insanın kendini terbiye edebilmesi meselesini çok önemsiyorum bu yüzden. Tasavvufa duyduğum ilginin de en büyük nedenlerinden biri budur. Tasavvuf da bir terbiye öğretisidir. Nefsi terbiye etmek, insanın ilkel benliğini, ilkel güdülerini ehlileştirmek üzerinedir. Bütün olumsuz faktörlere hatta içgüdülere rağmen insancıl bir mücadele içinde olup her şeye rağmen kâmil insan olmaktan ödün vermemek, orman evinde tek başına sakince yaşamaktan daha keyifli, daha güzel ve daha tatmin edici değil midir?

Kaosu düzene çevirmek bizi daha değerli varlıklar yapmaz mı?

Sınanmadığın duygularının efendisi olamazsın ki hiçbir zaman.

Dağ evinde öfkeyle sınanmadan sakin bir hayat sürmenin hazzını yaşayamazsın ki. Bu seni daha değerli bir insan yapmaz. Ancak bütün olumsuz faktörlerin varlığına ve baskısına rağmen sen her şeye rağmen bir dağ evi huzuru içinde yaşamayı becerebiliyorsan işte o vakit kâmil insan olmak yolunda kıymetli adımlar atan ve bu hazzı sonuna dek yaşamayı hak eden biri olursun.

Çok kalabalık ve her anı kaosla dolu bir şehirde yaşadığım halde sakin bir hayat sürebildiğimi izah etsem de çoğu insan inanmıyor bana. Doğal olarak inandırıcı gelmiyor. Hayat herkes için fazlasıyla çetin bir sınava dönüştü son zamanlarda.

Mücadele, yarış, korku, kaygı ve belirsizlik arttı. Şehrin kaosu bütün bu stresi daha da artırıyor, sınırları zorluyor.

Dolayısıyla bana da çoğunlukla, "Yok canım..." diyorlar. "Bende de bazen sigortalar atıyor diyemez tabii bize. Doğru söylemiyor."

Bir şekilde benim de ille sinir krizleri geçirdiğim, öfkeden deliye döndüğüm anların olduğuna inanmak istiyorlar.

Ne zamana kadar?

Tabii ki benimle kampa katılana kadar.

Kamplarda önemli terbiyelerden geçiyoruz. Uzun soluklu doğa yürüyüşleri, sessizlik, erken kalkış, akşam sohbetleri, kendini dinleme, başkalarını dinleme, saygı, anlayış toleransları üzerinde çok çalışıyoruz.

Bu kamplar boyunca beni de daha yakından tanıdıktan sonra sükûnetin, savaşlardan sonra kazanılan bir zafer olmadığını anlıyorlar. Sükûnet bir seçimdir sadece... Ancak bilinçli ve uyanık olmayı gerektiren bir seçim.

Ama bazıları buna rağmen ikna olmuyorlar. "Siz özel birisiniz, sizin yapınız sakin, bizim yapımız sinirli, tabiatımız bu, bazıları böyle sinirli, stresli oluyor işte..." diyorlar.

Öfkeli ve stresli insanın en büyük yanlışı burada başlıyor zaten. Kendini kocaman bir yalana ikna ederek her şeyi doğasına, yapısına, kişiliğine bağlayarak öfkesinin sorumluluğundan kaçmak istiyor ama hiç doğru değil.

Böyle düşünenler için hemen bir hikâye anlatıyorum.

Sana da anlatayım.

Amerika'da yaşayan başarılı bir üst düzey yönetici, bir seyahati sırasında tanışıp arkadaş olduğu Kızılderili'yle ahbaplığını sürdürmeye hep devam ediyor. İkisi arasındaki bağ uzun süredir hiç kopmuyor. Amerikalı iş insanı, çok yoğun bir tempo içinde çalışıyor olsa da arkadaşını ihmal etmemek için gerçekten özenli davranıyor. Kızılderili de pek memnun bu durumdan.

Bir gün artık buluşmaya karar veriyorlar ama Amerikalının işleri fazla yoğun olduğu için Kızılderili kalkıp New York'a geliyor. Akşamüzeri yemek yiyecekleri restorana yürüyerek gidecekler. Ofisten sonra temiz hava almak iyi gelecek ikisine de.

Kalabalıkların arasından geçerken, "Ne güzel..." diyor Kızılderili. "Kuş seslerine bak cıvıl cıvıl... Hele cırcırböcekleri, nasıl da coşmuşlar bu saatte şaşılacak şey. Duyuyor musun coşkularını, sence de harika değil mi?"

Amerikalı gülüyor önce. Şaka yaptığını, şehrin kalabalığıyla dalga geçmek için imalı bir söz söylediğini düşünüyor arkadaşının ama öyle değil. Kızılderili'nin ciddi ciddi yüzüne bakıp cevap beklediğini görünce şaşırıyor.

"Ne kuşu?" diyor Amerikalı. "Ne cırcırböceği, ne coşkusu? Şaka mı yapıyorsun sen bana? Bunlar şehrin milyonlarca arabasından yükselen iğrenç korna sesleri. Trafik gürültüsü, kavga sesleri, insan çığlıkları... Bu kaosun içinde kuş sesi mi olur, cırcırböceğinin coşkusu mu olur? Yapma lütfen. Sanırım benim kulaklarım seninkiler kadar sağlıklı değil. Maalesef şehirde yaşayan bir insanım ben. Kulağım sadece gürültüyü duyuyor benim."

"Hayır..." diyor Kızılderili. "Bunun kulak sağlığıyla bir ilgisi yok, yanılıyorsun. Zihninin bunca zaman neyle meşgul olduğuyla ilgisi var."

İtiraz ediyor Amerikalı, kabul etmiyor bu yaklaşımı.

"Ne alaka?" diyor. "Zihin meşguliyeti başka ses duymak başka."

Bunun üzerine Kızılderili inatçı arkadaşına bir ders vermek istiyor ve cebinden çıkardığı bozuk paraları Amerikalının ayaklarının dibine atıyor arkasından yürürken.

Amerikalı birden durup arkasını dönüyor. Yere bakıyor, "Yere para düştü sanki..." diyor. "Duydun mu?"

Kızılderili keyifli tabii... "Nasıl duydun öyle?" diyor. "Bunca korna sesi, kalabalık ve gürültü içinde paranın sesini nasıl seçtin hemen?"

Demem o ki hikâyedeki Kızılderili'nin de işaret ettiği gibi zihninin meşguliyeti ne yöndeyse, onu işitir, onu görür, onu yaşar ve bir şekilde ona dönüşürsün...

Ne okursan, ne dinlersen, ne izlersen, neye odaklanırsan her zaman onu görürsün, onu duyarsın, onu algılarsın ve zamanla ona dönüşürsün.

Tıpkı Nietzsche'nin dediği gibi: "Sen uçuruma bakarsan, bir süre sonra uçurum da sana bakmaya başlar."

Odaklandığın şeyin niteliği ve kalitesi çok önemlidir bu yüzden. Saatlerini, günlerini, haftalarını hatta yıllarını odaklanarak geçirdiğin şeyin niteliği ne?

Kalitesi ne?

Karanlığa bakıyorsan, karanlık da sana bakmaya başlayacaktır bir süre sonra. Hayatında ışık olması mümkün olmayacak o zaman. Çünkü artık sen de karanlığa dönüşmüş olacaksındır.

Yaşamında odak noktana yerleştirdiğin şeyin ne olduğuna dikkat et.

Neye dönüşmekte olduğunu fark et.

Para için mi yaşıyorsun, sadece paraya/kazanca/gelire/gidere mi odaklısın?

Kariyerin için mi yaşıyorsun?

Sadece başarıya, işe, projelere, ofise, yarışa, girişimlere mi odaklısın?

Hayatındaki insan için mi yaşıyorsun?

Sadece o insana, ilişkinize, ilişkinizin dinamiklerine, iniş çıkışlarına mı odaklısın?

Çocuğun için mi yaşıyorsun?

Sadece çocuğunun eğitimine, sağlığına, mutluluğuna, ihtiyaçlarına, taleplerine mi odaklısın?

Aklın, gözün, kalbin, zihnin, varlığın, hücrelerin sadece bunları görüyor, biliyor, algılıyorsa bir zaman sonra sen ona zaten ya paraya, ya kariyerine, ya hayatındaki insana ya da çocuğuna dönüşmüş olacaksın.

Geriye ne kalacak?

Ne kalır bilmiyorum ama sadece sen olmayacaksın orada onu biliyorum. Zihnini neye odaklıyorsan önce her yerde onu seçmeye başlarsın, onu ilgilendiren her şeyi fark edersin ya da her şeyi zaten ona bağlayarak yaşarsın ve sonunda bir de bakmışsın ki tamamen ondan ibaretsin, osun...

Bu kaçınılmaz bir sonuç olduğuna göre zihni, bilinçli şekilde bir şeye odaklamak, kendine tüm hayatın boyunca yapabileceğin en büyük iyilik olur. Bu aslında olmak istediğin şeyi seçebileceğin anlamına da gelir.

Odağını neye vermeyi seçiyorsun?

İyi düşün...

Ben sufi felsefesine odaklı yaşayan biri olduğum için nereye bakarsam, neye bakarsam, ne işitirsem, görürsem, neye dokunursam, ne yersem, ne içersem, neyi koklarsam, kiminle konuşursam her an ve daima tasavvuf felsefesiyle doluyum, bilincim açık. Dizi izlerken de içinde beni sufi felsefesine çıkaran bir şey buluyorum, kitap okurken de, müzik dinlerken de, ormanda yürürken de, bir çiçeği koklarken de, yeni tanıdığım insanlarla sohbet ederken de, markette alışveriş yaparken de, araba kullanırken de her şey her an hep sufi felsefesine çıkıyor bende.

Uzun zamandır görüşmediğim bir ressam arkadaşımı ofisime davet ettiğimde dikkat ettiği ilk şey duvardaki tablolar oldu mesela. Sonra pencerelerden manzaraları kaydetti zihnine, dekorasyonumuzdan, misafir ikramlarımızda kullandığımız takımlara kadar her şeyin deseniyle, rengiyle ilgileniyor, hepsinin ne kadar güzel olduğunu söyleyip kutluyordu beni. Yazdığım kitaplardan, ofisimin büyümesinden, akademinin gelişmesinden elde ettiğim başarılarımı kutlarken bile her şeyin bir ressamın gözüne nasıl göründüğü üzerinden bakıp onaylıyordu beni.

Gül düşünürsen gülistan olursun yol arkadaşım. Diken düşünürsen dikenlik. Bunu Mevlana bile çok zamanlar öncesinden bilmiş hatırlatmış insanlık âlemine.

Zihnini neye adadığına önem ver.

Odağında ne var?

Neye dönüştüğüne karar veren sen ol.

Zihnine dayatılana maruz kalma.

Zihnini neye odaklayacağını seç ve ona bakmaya başla... Çünkü bir süre sonra o da sana bakmaya başlayacak.

20. KURAL

İNSANLAR DA KİTAPLAR GİBİDİR. KAPAKLARINA BAKIP ALDANMAYIN. GERÇEK DEĞERİNİ OKUDUKÇA ANLARSINIZ.

Bu yollar yalnız yürünmez yol arkadaşım.

Senin bana benim sana ihtiyacım var. Dünya âlemine tek doğmadık. Bir şeyi ancak zıddıyla var edebildi hayat. Biri olmadan öteki doğmadı âleme. Beyaz ancak siyahla tarif edilebildi. Yokluğu açıklamak için varlığa ihtiyaç hasıl oldu. Mutluluk ancak kederle anlam buldu. Doğada canlılık hangi türden olursa olsun ancak dişilin ve erilin birliğiyle dünyaya geldi.

İnsan da ancak insanla tutundu hayata. Sosyal bir varlık olmayı başardıkça medeniyetler ve kültürler oluşturdu. Doğada bir başına hayatta kalmayı başaranların sonucu değildir medeniyet... Bir arada yaşamayı başaranların eseridir. Sevgi de, paylaşım da, dostluk da, aile de, millet de, devlet de bir arada olabilmenin, bir arada kalabilmenin zaferidir. Dolayısıyla insanın insanla tarif edilebilen varlığı kıymetlidir.

Issız bir adada yalnız yaşamaya karar verinceye kadar bu hayatı başka insanlarla paylaşmak zorundasın yol arkadaşım. Hem dostluk etmeyi bileceksin hem dostluk bulmayı... Sevmeyi de becereceksin, sevilebilir olmayı da... Özür dilemeyi de öğreneceksin, özrü kabul etmeyi de. Vermeyi de bileceksin, almayı da. Korumayı da bileceksin, kollanmayı da. Destek de vereceksin, destek de alacaksın.

İnsanın insanla ilişkisi elbette bir yönüyle çok verimli, yapıcı, geliştirici, besleyici, olumlu diğer yönüyle muhakkak ki bir o kadar yıkıcı, yıpratıcı, yorucu ve baskılayıcı olabilir. Burada tabii ki bilinçli şekilde yapacağımız seçimlerimiz devreye girecektir. Yollarımızın bir şekilde kesiştiği insanlara hayatımızda yer açmaya ya da ona kapılarımızı kapamaya karar verirken çok yönlü, bilinçli ve temkinli olmamız bize çoğunlukla fayda sağlayacaktır. Daha önce defalarca söylediğim gibi hiçbir karşılaşma tesadüf değildir. İnsanlar hayatımıza bir sebeple bir imtihana fırsat olmak üzere girerler. Ama iyi ama kötü... Ama faydalı ama zararlı... Sonucu değiştirecek olan karşımıza çıkan insanı ne kadar tanıyabildiğimiz ve buna göre nasıl davranmamız gerektiğine karar verebilmemiz olacaktır.

Kimsenin bir başkası üzerinde tahakküm kurma ya da tasarrufta bulunma hakkı olmadığına göre, ayrıca kimsenin kimseyi değiştirmesi de söz konusu olamayacağına göre bütün seçimlerimizi yine kendimiz üzerinden kimseye zarar vermeden yapmak zorundayız.

Karşımızdaki insanı iyi tanırsak, hayatımızda bu koşullara ne kadar yer açmaya ya da açmamaya hazır olduğumuza karar verirsek ne biz üzülürüz ne de başkası...

İnsan tanımak kolay iş değil elbette. Hem önyargılı olmamak lazım, hem herkesi olduğu gibi kabul etmek lazım, hem de kendimize bir güvenli alan yaratmamız lazım değil mi?

Peki bunu nasıl yapacağız?

Bazen kendimizi bile tam anlamıyla tanıyamadığımızı düşünürken bir başkasını nasıl tanıyacağız ya da ne kadar tanış sayılacağız?

Ben bu açıdan konuya baktığımda bilgelerin öğütlerine açarım kalbimi genelde. Bu yüzden şimdi bilgelerin deneyimlerinden damıtılmış pratik rehberlikler üzerinden ilerleyeceğiz.

1. Peşin Hükümlü Olma

Mevlana bu konuda kıymetli bir uyarı yapıyor ve "İnsanlar kitaplar gibidir, kapağına bakıp aldanmayın..." diyor. Peşin hükümlü olmak doğru bir şey değil. Önyargılar çoğunlukla haksızlıklara yol açıyor maalesef. Görüntü genelde aldatıcıdır. Görünenin arkasında ne olduğunu bilmek ve tanımak için zamana ihtiyaç vardır. Kimse göründüğünden ibaret değil. Sen de öyle... İlk izlenimler ne kadar önemli olsa da kimse hakkında kesin hüküm vermek için yeterli sayılmaz. Kimsenin giyimine bakıp kim olduğuyla, kullandığı araca bakıp karakteriyle, fiziksel özelliklerinden yola çıkarak kişiliğiyle ilgili konuşamayız.

Bunlar sadece ekonomik gücü, genel zevkleri hakkında fikir verir diyeceğim ama aslında hiç vermiyor bile olabilir. Saydığım bu dış faktörler çok hızlı değişkenler ve her zaman göründüğü gibi de olmayabilir.

Çok pahalı zevklerin altından çok ucuz oyunlar çıkabilir, çok özensiz görüntülerin ardından çok kıymetli ruhlar görünebilir. Kimin nasıl göründüğüne ya da giyindiğine bakarak hakkında karar vermek için acele etme. Suretin yanıltıcı olabileceğini her zaman hatırlat kendine. Belki sen de göründüğün gibi değilsin aslında... Belki sadece olmak istediğin gibi görünmeye çalışıyorsun. İnsan başkasını tanımak için emek verirken, bir yerde kendini tanımaya da fırsat yaratır ve bu belki en çok kendini tanımak adına attığı değerli bir adım olur.

2. Okuduğu Kitaplara Bak

Tanıştığın insanın kitap okuma alışkanlığına bakmak sana önemli bilgiler verecektir muhakkak. Kitap okuyor mu, okumuyor mu?

Okuyorsa hangi kitapları tercih ettiğine bak. Ne sıklıkta okuduğuna bak.

Kitap okuma alışkanlığı çoğunlukla aileden gelir. Dolayısıyla yaptığı okumaların niteliği bu alışkanlığın köklü mü yoksa sonradan mı geliştiği yolunda sağlam ipuçları verir.

Ailede kitap okuma kültürü yoksa çocuğun da okuma kültürü gelişmiyor. Zamanla okulla birlikte ya da ergenlikten sonra geliştirilen bir alışkanlıksa, çok sonradan yetişkinlik zamanında yapılan bir tercihse bu hemen belli olur. Kitap seçimlerine bakarak kültürel gelişimini, zevklerini, ilgi duyduğu türlere göre zihinsel işleyişini az çok tahmin etmeye başlayabilirsin.

Kitap okuyor olmak bir kriterse de belirleyici değildir. Ne okuduğuna da bakmalısın. Kimi sadece roman okur mesela. Kimi kişisel gelişim okur, kimi tarih tercih eder, kimi bilimkurgu, kimi felsefe okur, kimi araştırma kitapları... Her biri farklı kültürleri, farklı düşünceleri yansıtır. Burada doğru ya da yanlış yoktur. Ne olduğuna bakmak ve anlamak değer kazanır.

3. Ne İzlediğine Bak

Ona en sevdiği filmleri sor. Birkaç tanesini saymasını izle. Hangi dizileri izlemekten keyif alıyor? Hangi dijital platformda neler seyrediyor, buna zamanının ne kadarını ayırıyor öğren. İzlediği içerikleri önemse... Bunları neden tercih ettiğini sor. Film ya da dizi izlemenin ona ne ifade ettiğini anla... Yapacak hiçbir işi olmadığı için bir gecede birkaç sezon birden mi izliyor? Günleri çoğunlukla ekran karşısında mı geçiyor? Boş vakitlerinde akşamları birileri çok tavsiye ettiği için mi bazı dizileri takip ediyor? Tercihlerini herkesin izlediği popüler işlerden yana mı kullanıyor, seçimlerini neye göre nasıl yapıyor? İzledikleri hakkında ne söylüyor, ne anlatıyor? İzledikleriyle ilgili onu cezp eden unsurlar ne?

Onu tanımaya başlamış olacaksın böylece. Çünkü artık zihnine de giriyor olacaksın. Beğenilerine, seçimlerine, duygusal ve zihinsel olarak odaklandığı alanlara göz atmaya başlıyorsun. Zamanını nasıl değerlendirdiği ya da değerlendiremediği yolunda fikir sahibi olmaya başlıyorsun. Üzerinde durduğu ya da tamamen ıskaladığı kavramları görüyor olacaksın. Düşünsel olarak ne kadar nitelikli ya da niteliksiz olduğunu fark edeceksin.

İnsanlar her zaman kendileri hakkında doğru bilgiler vermezler. Kendilerini fazlasıyla idealize ederler. İyidirler, üstün zevkleri vardır, şahane seçimler yapıyorlardır, yaşamları kalitelidir, çok tatlı insanlardır, sağlam karakterleri vardır, birkaç okul okumuşlardır, başarılılardır, hiç yalan söylemiyorlardır, kimseyi incitmemişlerdir, şeffaflardır, herkes onlara bayılıyordur, bir hayran kitleleri vardır. Diğer bir deyişle, "Kimse yoğurdum ekşi demez..." yani... Ancak izledikleri filmler, diziler, buna ayırdıkları vakit, değerlendirme biçimleri, amaçları karşında kim olduğu hakkında daha çok fikir verir sana.

4. Nasıl Davrandığına Bak

Davranışlar çok önemli tabii ama burada dikkatli olmak lazım. Bu yüzden ilk zamanlar bolca sosyalleşmeyi öneriyorum. Farklı ortamlarda, farklı koşullar altında, farklı insanlarla temas ederken gün içinde hayatın akışı sırasındaki davranışlar tutarlılığı ya da tutarsızlığı karşındaki hakkında önemli bilgiler sunacaktır.

Sana karşı ne kadar nazik, anlayışlı, kibar ve iyi olduğuna kapılma hemen. Bu tutumu başkalarıyla olan ilişkisinde de tutarlılık gösteriyor mu bak. Yemeğe gittiğinizde masaya bakan garsona nasıl davranıyor? Alışveriş merkezinde kasiyere nasıl davranıyor? İş arkadaşlarına ya da yanında çalışan insanlara nasıl davranıyor? Ailesine, annesine, kardeşlerine, akrabalarına nasıl davranıyor? Bu insanlarla olan ilişkisini nasıl anlatıyor? Haklarında neler söylüyor? Telefonda nasıl konuşuyor? Trafikte sinirleniyor mu sabırlı mı? Öfkeli mi sakin mi? Kendini kontrol etmekte zorlanıyor mu yoksa buna hiç gerek kalmıyor mu?

Sosyalleşmek bütün bunları görmek açısından çok önemli. Bu yüzden yeni tanışılan insanlarla hemen özel alanlarda görüşmeler yapılmasını çok sağlıklı bulmuyorum. Mümkün mertebe sosyal hayatın içinde kalmakta ve gözlem yapmakta fayda olduğunu savunuyorum.

5. Başkaları Hakkında Nasıl Konuşuyor?

Sana sürekli başkalarından söz ediyorsa duygularını maniple etmeye çalışıyordur, dikkatli ol derim. Başkaları üzerinden yansıtmalar yaparak seni etkilemesine izin verme. Kıskandırmaya çalışabilir, *"ayağını denk alman"* gereken konuları ima edebilir, nasıl davranman, nasıl düşünmen hatta nasıl giyinmen ve nasıl konuşman gerektiğiyle ilgili bile seni yönlendirebilir, dikkat et. Bu tehlikeli bir manipülasyondur. Erken farkına varmak ve tavır alıp sınır koymak çok önemli...

Başkaları hakkında konuşmak nitelikli ve kaliteli bir sohbet biçimi değildir. Genellikle bunu tercih ediyor olması çok da iyi niyetli değildir. Ayrıca sözünü ettiği insanlar hakkındaki tavrını iyi gözlemlemek gerekir. Haklarında kötü, çirkin, itham edici mi konuşuyor, hakaret ediyor mu, kötü sözler kullanıyor mu? Hep başkaları tarafından ihanete mi uğramış, haksızlık mı edilmiş, kimse onu hak etmeyi başaramamış mı?

Neden aklı sürekli eskide, olmuş bitmiş meseleler üzerinde ve hep başkaları hakkında konuşmayı tercih ediyor?

Sözde geçmişini apaçık masaya yatırarak bugünkü aklıyla, dürüstlüğüyle, açıklığıyla kazanamayacağını düşündüğü güvenini mi satın almaya çalışıyor?

6. Kriz Anlarında Nasıl Davranıyor?

Kriz anları ilişkilerin kader dönümleridir adeta. Birini tanımanın en kestirme yollarından biridir ayrıca. Karakteri, kişiliği, temel yapısı hakkında çok sağlam bilgiler verir.

Trafikteki krizi nasıl yönetiyor ya da yönetebiliyor mu?

İş hayatındaki krizlerle nasıl başa çıkabiliyor?

İşler ters gittiğinde ne yapıyor, panikliyor mu, öfkeleniyor mu, ne yapacağını bilmez bir halde kaosun içinde kaybolup gidiyor mu?

Aksilikler karşısındaki tutumu ne?

Günlük hayatın içinde her şey sütlimanken sakin, barışçıl, dost canlısı, neşeli, enerjik ve güzel görünebilir insanlar. Hatta bu halleriyle çok cazibeli, çekici ve insanın aklını baştan alıcı büyülü bir hava da estirebilirler. Ancak krizler içerideki kafeste zorla hapis tutulan canavarın birden dışarı fırlamasına neden olabilir.

Krizler, karanlık dehlizleri aydınlatabilir. Belki çok uzun yıllar ortaya çıkmayacak tehlikeleri bir anda su yüzüne taşıyabilir.

Bu yüzden, "Birini sahiden tanımak istiyorsan onunla seyahate çık..." derler. Çünkü yollar sürprizlerle doludur. Hem güzellikler çıkar karşına bolca hem de yönetilmesi gereken krizler patlar sürekli... Tatillerde hem keyifle dinleriz hem de hesapta olmayan aksilikleri çözerek ilerlemek zorunda kalırız. Çünkü yola çıkmadan önce her şeyi öngörüp hesaplamamız mümkün değildir. Seyahatte başınıza ille bir şey gelecektir. Ya uçak rötar yapacaktır, ya araç sizi almaya geç gelecektir, ya rezerve ettiğiniz oda geç boşalacaktır, ya yemek saatini kaçıracaksınızdır, ya yemekler istediğiniz gibi çıkmayacaktır, ya güneş şemsiyesi açılmayacaktır, ya kumlar ayaklarınızı yakacaktır, ya deniz dalgalı olacaktır ama ille hesaplanmayan bir durum oluşacaktır.

İşte bu tür anlardaki reaksiyonlar çok önemli...

Tepkilerinin ne olduğunu iyi izle. Burnundan mı soluyor, yapıcı mı, onarıcı mı, öfkesini mi bastırıyor, sakin kalmak için mücadele mi ediyor, yoksa zaten hep sakin mi, keyfi kaçıyor mu, yoksa hiçbir olumsuzluktan etkilenmiyor mu?

Sana anlatmadığı hatta belki hiçbir zaman dürüstçe anlatmayacağı kişiliğiyle yakından tanışma fırsatı bulursun. Kim olduğu ve bundan sonra neler olabileceğiyle ilgili sağlam verilere ulaşmış olursun.

7. Seni Nasıl Dinlediğine Bak

Bence bu çok önemli bir madde. Çünkü karşındaki insanı can kulağıyla dinlemek, ne söylediğine gerçekten dikkat kesilmek, önem vermek samimiyettir. Sahiciliktir. İçtenliktir. Birini dinlemek ona önem vermektir. Ciddiye almaktır. Onu merak etmek, tanımak ve öğrenmek istemektir. Birlikte geçirilen zamana saygı göstermektir.

Ayrıca başka insanlara karşı da bu duyarlılığı gösteriyorsa, başkalarını da can kulağıyla ve samimiyetle dinliyorsa, temas ettiği herkese saygı duyduğu ya da bu yolda en azından kendince emek verdiği anlamına gelebilir.

Burada tehlikeli olan nokta nedir?

Sadece dinlemeye odaklı olmak.

Karşındaki insan sadece dinliyorsa, ne kadar iyi ve sadık bir dinleyici olsa da bunun sağlıklı olduğundan söz edemeyiz. Hiç konuşmayan, dinlemeye odaklı biri karşısındakini etkilemek için veri toplayan bir manipülatör de olabilir. İletişimin akışkanlığı önemli bir kriterdir.

Seni nasıl dinlediğine ve buna karşılık ne anlattığına dikkat et. İletişim çift yönlüdür.

21. KURAL

NEYİ ARIYORSAN OSUN SEN.

"Can konağını aramadaysan, cansın.
Bir lokma ekmek arıyorsan, ekmeksin.
Bir damla su arıyorsan, susun.
Zulmün peşindeysen zalimsin.
Aşkı arıyorsan âşıksın.
Gönlün neye kapılmışsa osun sen.
Şu nükteyi biliyorsan, işi biliyorsun demektir.
Neyi arıyorsan osun sen."

Neyi arıyorsun ey can!

Ne aradığını bilirsen, kim olduğunu da bilirsin...

Şu dünyada sen her ne arıyorsan unutma ki o da seni arıyor. Bu uğurda attığın her adımın kıymeti büyüktür. İnan ki boşuna değildir. Bazen aramakla bulunmuyor kabul ediyorum ama sen de şundan emin ol ki bulanlar hep arayanlardır.

Aradığın şeyi kimse küçümseyemez. Hatta sen bile kendine bunu yapamazsın. Çünkü aradığın şey, sensindir. Sen bile kendini yok sayamazsın.

Mevlana, hayatı boyunca pek çok şeyin arayışına düşmüş çok değerli bir filozof, değerli bir düşünür. Hayatı boyunca ilmi aramış, sevgiyi aramış, hiçliği aramış, bilgeliği aramış, yolu aramış... Bu yolculuğu sırasında ona rehberlik edecek, ufkunu açacak bir dost da aramış kendine. Bir ruhtaş, gönüldaş, derttaş, bir yol arkadaşı...

Hatta arayışını dizelere bile dökmüş zaman zaman:

"Olduğum gibi kim görebilir beni?
Ne rengim var benim ne nişanım.
Bu gönül ne vakit durulacak bilmem."

Arayışından söz ederken çok önemli bir bilgelik de sunuyor anlayana... Mevlana'nın yazarlığı bu açıdan çok dikkate değer bana göre. Çünkü aktarmak istediği bazı bilgileri doğrudan söylediği gibi, zaman zaman kapalı ve derin anlatımların, anlamların altına da gizliyor. Şifreliyor, uluorta serip açmıyor, üzerini örtüyor. Şiirlerinin çoğu bu tip şifrelemelerle doludur. Eskilerin deyişiyle sırlanmış bilgilerdir bunlar. Herkese değil, hazır olana kendini açan bilgiler... Olgunluk, vizyon, zekâ, sezgi ve duyarlılık gerektiren bilgilerdir bunlar. Mevlana bazı öğretilerini akif okuyucuya açmayı tercih ediyor ve bunu büyük bir ustalıkla, şairlikle yapıyor. Az önce örneğini verdiğim şiirin üzerinde birlikte duralım ve Mevlana'nın sırladığı öğretilerine bakalım:

"Olduğum gibi kim görebilir beni?
Ne rengim var benim ne nişanım.
Bu gönül ne vakit durulacak bilmem."

Sence "dost" kime denir yol arkadaşım bilir misin?

Dost halden anlayana denir. Dost sadece konuştuklarını değil, sustuklarını da duyabilendir. Şu dünyada kendi yolunu yürürken bazen çok yalnız hissedeceksindir kendini. Kalabalıkların içinde bile yalnız kaldığını düşüneceksindir. Hatta belki kimsesiz, yapayalnız bir seyyah olduğunu söyleyeceksindir kendine.

Hiç kimsenin seni olduğun gibi, tam ve bütün olarak göremediğinden, anlayamadığından, fark edemediğinden yakınacaksındır.

Belki çekip gitme arzusu, ortalardan kaybolma isteği, her şeyi bırakıp gitme ihtiyacı doğacak içine. Birileri seni arayıp bulsun, görsün, fark etsin, anlasın diye kaybolmak isteyeceksindir. Yokluğunun fark edilmesini dileyeceksindir. Silinmek için değil keşfedilmek için gizlenip bekleyeceksindir bir köşede. Keşke biri yokluğunu fark etse hemen, düşse peşine, çabalasa bu uğurda, kimselerin aklına gelmeyecek daracık bir deliğin içinden çekip çıkarsa seni, anlasa kıymetini... Öylece hareketsiz kalıp beklediğin kendini iyice değersiz hissettiğin noktada belki yaşıyor olmanın bile bir öneminin kalmadığını düşüneceksindir kendi kendine... Her şey boş, anlamsız, kötü ve nedense hep sana karşı geliyor gibidir. Artık bundan sonra bir adım bile atacak hevesin, umudun, isteğin kalmamış olacaktır. Bitti dediğin yerde duruyorsundur muhtemelen.

Oysa orası her şeyin başladığı yerdir, dikkat et. Orası kaderinin yönünün değişeceği yerdir.

Mevlana da kalabalıkların içinde yalnız bir insandı. Görünürde etrafı kalabalıktı, hayatı insanlarla doluydu, herkes onu çok seviyor, saygı duyuyordu. Ama kimse anlamıyor, kimse olduğu halini göremiyor, idealize ettikleri insanı görüyorlardı onda.

Kim vardı ki bu kalabalıkların içinde, onu gerçekten anlayabilen?

Kim vardı ki sustuklarını bile duyabilen?

Kim vardı ondaki görünmeyeni görebilen?

Kimse yoktu!

Hiç kimse...

Ama o yine de devam etti aramaya. Aradığı şeye dönüşmüştü zaten zamanla. Hem dost, hem usta, hem yol arkadaşı, hem rehber, hem yol...

Arayışını şu sözlerle dile getirdi Mevlana:

"Nasıl ki susamış bir dudak suyu ararsa, su da susamış bir dudak arar."

Sonra bir gün ne oldu?

Aradığını buldu.

Binlerce kilometre öteden bir dost çıkageldi Konya'ya.

İsmi Şems-i Tebrizi...

Mevlana'nın güneş gibi parıldamasına, *Mesnevi*'yi yazmasına, aşkla dolup taşmasına yoldaşlık eden bir dost oldu ona.

Öylesine değiştirmiş, desteklemişti ki Mevlana'yı, şu dizelerde anlatmıştı Mevlana nasıl tamamlandığını, bütünlendiğini:

"Güneşim, ayım geldi.
Gözüm, kulağım geldi.
Gümüş bedenlim geldi.
Altın madenim geldi.
Başımın sarhoşluğu geldi.

Gözümün nuru geldi.

Başka bir şey dilediysen

İşte o başka bir şeyim geldi."

Şimdi iyi dinle yol arkadaşım. Hayatında şikâyet ettiğin ne varsa, bil ki sen onu aradığın için bulmuştur seni. Bu yüzden ne aradığına dikkat et. Çünkü sen ne arıyorsan osundur.

Sevgi arıyorsan sevgisindir. Dost arıyorsan dostsundur. İlim arıyorsan ilimsindir. Coşku arıyorsan coşkusundur. Huzur arıyorsan huzursundur. Başarı arıyorsan başarısındır.

Aklın ve dilin çelme takıyor olabilir algına, dikkat et. Zihnin iyi bir manipülatördür tuzağına düşme.

Başarı arayan insan sabahları söylenerek gitmez işine. Çalışmaktan şikâyet ediyorsan aradığın şey başarısızlıktır zaten, kimseyi suçlama.

Sevgi arayan insan etrafındaki insanları eleştirip yargılamaz. Kimseye yardım elini uzatmıyorsan, hoşgörünü cömertçe sunmuyorsan aradığın şey sevgi değil yalnızlıktır zaten kimseyi suçlama.

Dost arayan insan bencillik etmez, yalan söylemez. Kimseye güven vermiyorsan, sadece kendini düşünüyorsan, her an fikrin değişebilir gibiysen aradığın şey dostluk değil düşmanlıktır zaten kimseyi suçlama.

Bir durup düşün bakalım sen acaba seninle yol arkadaşı olmak ister miydin? Sana sonsuza dek güvenir miydin? Seninle her koşulda anlaşır mıydın? Sana sırtını döner miydin? Sana bağlanır mıydın? Sana ömrünü adar mıydın?

Vereceğin cevaplar yolun bundan sonraki kısmını baştan aşağı değiştirecektir, dürüst ol lütfen.

Aradığın şeyin ne olduğuna dikkat et.

Arıyor gibi göründüğün şeye değil, gerçekten peşinden gittiklerine bak. Eylemlerine, düşüncelerine, tercihlerine, tutumuna, söylemine, hislerine, yüreğine bak.

Çünkü insan aradığı şeydir sadece, başkası değil...

SON SÖZ

Sevgili yol arkadaşım bir kitabın daha sonuna geldik. Şu hayatta her bitiş yeni başlangıçlara vesile olurmuş. Kim bilir seninle bir daha ne zaman görüşeceğiz. Belki düzenlediğimiz kamplara gelirsin, belki bir seminerde, belki bir Youtube videosunda ya da yine başka bir kitapta karşılaşırız.

Hangi vesileyle her nerede olursa olsun ben seninle karşılaşmayı heyecanla bekliyor olacağım.

Kitabın sonunda içimden bir şiir yazmak geliyor. Sanırım 21 kuralı bir şiirin kalbinde biriktirmek istiyor ruhum. İçimden gelene engel olmayacağım tabii ki. Bu yüzden son olarak bir şiir armağan ediyor olacağım sana.

Kendine iyi bak olur mu?

"Dert insana yol gösterir derler
Acı insana hayatı öğretir.
Sahiden acıyı yaşamayan
umutsuzluğu tatmayan
söylesenize ne anlar mutluluktan?

Karanlık olmadan aydınlığın anlamı var mı?
Gece gündüzle anlaşılmaz mı?
Bitirmek varsa başlamak
başlamak varsa bitirmek vardır
ve yaşamı düz bir çizgide tutmak
bence biraz ahmaklıktır.

İniş ve çıkışlarıyla güzeldir bu hayat
Marifet tüm düşüşlere rağmen
tekrar ayağa kalkıp yaşamak.

Düşmeyince değil
düştükten sonra kalkınca kazanırsın unutma!
Kaybettiğinde değil
vazgeçtiğinde yenilirsin
bunu da daima hatırla!

Yeni sözler, yeni sesler duysun kulakların
Bıkmadın mı hep aynı sözleri duymaktan
hep aynı şeyleri yapmaktan cancağızım?
Mevlana'nın da dediği gibi: Artık yeni şeyler söylemek lazım.

Yeni belirsizdir ama güzeldir
kesinlik güvenlidir ama çirkindir.
Gemiler de limanda güvendedir ama
okyanuslara açılmak için yapılmışlardır aslında...

Güvende olma hissi öldürür güzelliğimizi
bizi değişmemek çirkinleştirir.
Kıyıdan uzaklaşıp yol aldıkça
İçimizde yeni bir ben yeşerir.

Hayattan kaçmak için değil
hayatı kaçırmamak için çık yola.
Ya sen yolu bulursun
ya da yol seni
unutma!"

Hakan Mengüç'ün
etkinliklerinden haberdar olun!

Hakan Mengüç kendinizi keşfetmenize yardımcı olacak inziva kampları, ney konserleri ve seminerler düzenlemektedir. Etkinlikler hakkında bilgi almak için sosyal medya hesapları veya web sitesini kullanabilirsiniz.

http://hakanmenguc.org

http://instagram.com/hakanmenguc

http://youtube.com/hakanmenguc

http://facebook.com/hakanmenguc

http://twitter.com/hakanmenguc

Spotify - Hakan Menguc

Apple Music - Hakan Menguc

Okuyucu Notları:

....

....

....

....

....

....

....

....

....

....

....

....

....

....

....